ある日突然

秦　美枝子

文芸社

目次

ある日突然

拝啓

ご無沙汰しております。いかがお過ごしですか。体調を崩し年賀状（版画）やめました、賀状が届くたび、ああ元気だナと思う反面、心苦しかったです。年毎に賀状が減っていきあなただけになりました。電話もせず申し訳なく思っています、嬉しかったです……。あなたとは、日本画（泉会）でスケッチ旅行に行ったり、愚痴を聞いてもらったりお世話になりました。そして不思議にあなたもよく同じような事がおこりましたネ……。

あなたのご存じのT医師に血圧、糖尿で通院しておりました。この値を「十年続けたら透折だョ後で後悔する」と仰って、「私、透折はしません」と言っておりました。主治医の指導通り、食事、くだものに気を付けました、そして、市と保健センター主催の体操教室にも参加致しました。すると血糖値も良くなりました。市から電話があり「どの様に改善したか」と訊ねられ、「主治医の指導通りいたしました」と言いました。

体操の高垣勝勅先生の計らいで奥様の茂子先生（かながわ健康財団）が教える市の高齢者介護予防「脳いきいき、貯金体操」など講座のサポーターとして活動させて頂きました。とても勉強になりました。楽しかった……。先生に「姫」と呼ばれ体操だけでなく、健康づくりの最新情報など学ばせて下さいました。体操（れもん）の仲間とも「自主トレ」で近くにハイキングや旅行に行き楽しかった。そして、お母さんが体操をしている間の、保育ボランティア、そして、地域サポーター、婦人会、趣味など充実した日々を過ごしておりました。

ある日（平成二十八年十一月）突然に血尿が出まして、婦人科、泌尿器科に回され異状無く、腎臓内科で即入院。短歌で箱根に吟行にいったり、前日まで日展に行っておりました。痛い所が無く、一週間の検査入院のつもりが長期になりました。腎臓が悪化していくようす、そして透折を拒んだ私が透折を決めたその時の手帳とノートをまとめてみました……。

二十八年十一月十一日（金）入院のため色々の手続きに市役所に行く、待っている間、夫が不安そうな顔をしている姿が今でも鮮明に残っている。十五時三十分入院。

—十二日（土）院内のコンビニへ行きラジオコードを買う。のんびりする。

—十三日（日）トイレットペーパーに血尿、泡が多い……。コップの蓋落し二つに割れる嫌な予感がする。日曜日なので病院静か。

—十四日（月）病気の治療の話、夫と聞く。

―十五日（火）小田原の姉に電話する。十一時夫と先生の話し合い、治療を決める、院内の歯科へ行く、日没を見る。

―十六日（水）朝六時に骨粗しょう症の薬飲む、ラジオ体操。入院してから外の空気を吸っていないので、窓を少し開け、外の空気をおもいっきり吸い、ゆっくり吐くをくり返した。冷たい空気が頬を撫でてゆき気分が良くなった。病院の欅《けやき》が彩づき小さな晩秋を感じる。遠方に箱根連山が見え、二子山、金時などを望みふる里を思い出す。今日からステロイド治療を始める、睦巳も高校受験で頑張っているので、私も今まで通りの生活は出来ないが、なるべく自然体で過ごすようにする。午後東の空を見ると鳶《とんび》がゆったりと飛んでいる。家の田んぼは草が伸びて枯れているのが見える。夫は昨夜、私の「顔色が悪かったので眠れなかったが、今日は良いので安心した」と言って入ってきた。頼んだ物は「忘れてしまった」と言うのでメモをする。「ゴルフも断った」と言うので、行くように……。夕方から私のベッドの周りで皆で雑談をする。夜、川田葉子先生に電話をして、コーラス（詩音）しばらくお休みする事を伝える。先生は誰でも歌えるように手を上下に動かし特別の指揮をして下さる。そして選曲がすばらしい！　心を揺さぶる歌から原語のオーソレミオまで広いジャンルの歌を指導して下さいます。なかなか眠れず色々の事を考えてしまう。ラジオ深夜便を聴く……。二時頃看護師さんが、血液サラサラの医療機器の様子を見にくる、大変だナと思う。

―十七日（木）ステロイドの為血糖値上がり、インスリンを注射する。便は出そうで出ない。

―十八日（金）恭子、夫、小林さん、体操とかなの友、野手さん来る。インスリン注射、便出ない、夕方医師の回診、研修医と七名。夜中、電気を持って三十分座るがダメ。

—十九日（土）採血なかなか採れずお茶の残り飲む、お腹ごろごろして便出る。ステロイドなかなかきかない。

—二十日（日）水分自由になる、天領水持って来てもらう。生き返ったようにスーッとする。お腹シクシクする。小田原の姉に電話する、姉は実家を継ぎ開成町まで行き、義兄と管理をしている。日曜美術館、応挙を見る。

—二十一日（月）腎生検、朝食を食べないで準備をしていたが十四時との事、食事を十時頃する、ステロイドいつも通り飲む、福祉会館に電話して、しばらく保育ボランティア休む事伝える。十一時説明を受ける、十三時から準備をする。

処置室でK女医さんを中心に三人のスタッフを加え始まる。映像を見ながら背中に針を刺す所を探す、こんなにも慎重なのかと驚く。決まったら早い事、不安も無く、K女医さんの指示どおり呼吸をする。痛みもほとんど無かった。局所麻酔が効いているようである。

H先生が出血を止める為、体重をかけて、長い間押さえて下さった。位置を変えるためH先生の腕につかまった。柔らかい、気持の良い腕だった。これから二十四時間動けなくなる、自分の体に砂のうで重しをする。

夕食を前のベッドの鈴木さんが「食べな」と言って一生懸命食べさせてくれた。

—二十二日（火）小田原の姉来る、夫、野手さん来る、お見舞いをもらう、午後、座間のお母さん、好章ちゃん、孫の唯ちゃんお花持ってくる。

—二十三日（水）今朝ボランティアの夢を見る。可愛い女の子と家で遊んでいる楽しい夢……。

—二十四日（木）五十四年振りの大雪、夫来る。「すごく寒い」との事、湯たんぽのある場所を伝える。

—二十五日（金）K先生に「腸の事心配」と言うと、X線・尿の検査をして下さる。H先生長期休みとの事。叔母の姪の本田さん来る。

—二十六日（土）次男の昭彦と嫁の祐子ちゃん来る、祐子ちゃんは保育士をしていて几帳面である。同室のHさん瀬川瑛子さんの前座をやっているとの事、生年月日の占いをしてもらう、夫、子供、孫を占ってもらった。私は以前デパートの一角を通ったとき呼び止められ「手相をみてあげる」と言われ、今（昭六十一年）中学のPTAの書記を受けてほしいと、何回も断っていても、こられるので困っている……と相談した。「出来るから受けなさい」と言われ受けた事を思い出す。会長さんが忙しかったので会議に出る事が多くなり、要点をメモする勉強になった。そしてレザークラフトや木彫の教室（NHKのカルチャーセンター）を休んだままになってしまい、生涯学習の方に移っていった。また美容の事を色々と聞き、楽しかった。夫来る。

—二十七日（日）私の六十九歳の誕生日、朝からクラシック・オペラを聴きのんびりとする。

仲の良い友が三人、六十八歳で癌で逝ってしまった……。私も、もしかしてと思っていたので夜中、胸をなでおろした。これでもう少し生きられると思った。（占いで、死ぬか生きるかの大病をするが生命線が二重でなんとかつながっている）と言われた！

浜田さんはレザークラフトの友で、料理、文学散歩の会など誘ってもらった。浜家さんは陶芸を習っていて、変わった花瓶を沢山頂いた。三人で順番にお宅へ行き、レザークラフトをした。姑が「上品な奥様達だ」といって、色々の催しに快く出してくれた。十二月「健康診断で異状なし」と浜田さんは言っていた、二月頃「風邪をひいて、なかなか治らない」と心配していたら、六月膵臓癌で亡くなられたとの事、大変驚いた。六十八歳であった。浦賀の勝海舟が泊まった、常福寺に眠っている。ご主人と浜田さんの友達とお墓参りに、庭の花を持って、よく行った。そして、形見分けに手編みのセーターや洋服をいただき今でも着ている。浜田さんは新しい友を残していってくれた。そして幼なじみの良子ちゃん、いつも一緒に勉強したり遊んだ。私は、母を小学五年の時亡くしたので、おばさんにはとても良くしてもらった。

母はカリフォルニア州フレスノで大正六年一月八日に生まれたが、大正七年十月米国で発生した流行性感冒（スペイン風邪）にかかり、実母は亡くなり、母は治った。途方に暮れた実父と共に帰国した。実父の生家、足柄上郡岡本村岩原の湯山家で暮らしたが、実父が再婚をして米国に行く事になり、上郡福沢村壗下《まま》（実父の姉）杉山家で養育を受けた。学業の傍ら農業の手助けをした。富士登山に行く時「心臓が悪い」と言われ断念した。そんな母が陸上の選手だった事は聞いていたが、バレーボールの選手だった事は父が残してくれた、「母の履歴書」で初めて知った。

足柄実科高等女学校を卒業し、実母の十七回忌の供養に実父が帰国した折に、母もカリフォルニア州フレスノに渡った。実父の息子四人と継母の七人で暮らした。ブドウ園の手助けをしたり、人夫の食事の支度をした。昭和十一年カリフォルニア州にある婦人子供服洋裁学校に入学し、十三年に卒業した。ジェットコースターに乗り、怖がった話を祖父から良く聞かされた。

文通をしていた従兄弟と結婚をするつもりで再び義弟二人を連れて日本に帰って来た。そしてマルク洋服店に勤めた。しかし結婚は破談となり、義弟を米国に送り母は残った。その頃、父が家業の質店の修業にマルクにいた。ある時、アイロンの修理を頼まれ母に会い、一目惚れをしたらしい。十六年一月、マルクを辞め二月に新橋のカラス森神社横に住む（鶴見商事の出張所）。母が父を説得し、マルクの養女となり、上郡酒田村金井島にて結婚式を挙げた。十六年八月長女が生まれる。

大東亜戦争が始まる。慶応三年生まれの祖母、両親、姉妹と共に住み、母は苦労した。十八年一月、父が召集解除になり、十二月に次女が生まれる。東京大空襲で父の姉家族が神谷町から疎開をしてくる。二十二年十一月三女の私が生まれる。

母は心臓弁膜症で、私が生まれてから床に就く事が多かった、座敷の真ん中に蓄音機が置いてあり、母によく聴かせてもらった。ミシンを母と共に踏んだ。縁側で籐椅子に凭れて本を読んでいる母。稲刈りをする母。祖父から送られてくるチョコレート、ガム、色々なものが楽しみであった。母に言われ、姉が近所にお菓子を配った。そして、十五夜になるたびに母が「来年の十五夜はもう見れない」と言って涙した事を思い出す。

父の残してくれた母の履歴書には、私の知らなかった事、病状が悪化していった様子、日常が手にとる様に書かれていた。薬の名まで書き残している。

三十三年十月十六日（四十一歳九ヶ月）私が小学五年の時、母は逝ってしまった。私は母とは早く死別したが、周囲の人達から暖かく見守られてきた。祖母、父は特に優しかった。そして、良き師や仲間に恵まれ色々な事を学ばせて頂いた……。次の年曾祖母、その次の年祖母が順に逝った。

―二十八日（月）恭子、夫来る。海老名短歌会（改名さつき短歌会）の山田さん来る。彼女とは海老名市中央公民館で開催された、江口洌先生の「短歌入門」からの友である。日本の成り立ち、言葉・漢字・万葉集など文学の産まれてきた過程を学んだ。講座終了後「短歌を学ぼう」と言う事になり、NHKの厚木カルチャーに通った。小島宗二先生の講義で、佐藤佐太郎の作品を学んだ。実作指導は文語体で丁寧に添削して下さった。

新しい学習講座として、小田急沿線テレビセミナーが始まった。県央八市が相互乗り入れし、ＮＨＫのテレビを見ながら学習し、月一回のスクーリングでした。昭和五十八年十月から始まった。一回「近代日本の女たち」厚木婦人会館で開催された。筑波大学芳賀教授、宮本講師、そして女性史研究家の宮本由紀子先生をお迎えし、放送で補えなかった事、受講生が感じた事の発表など活発に行なわれた「幕末志士の女」「からゆきさん」「吉原の女」等社会の底辺の女がどう生きていったか、女性史は男の役割が大切である。

近代日本の女達の長い努力は、（女大学は武家社会であって、皆に適用出来る様（女子教訓本）に書き換えたものである）その女大学をどこで批判するかがこの講座の目的である。何が正しいか悪いかを見きわめるために歴史が必要、それを自分自身で「どうか」と考える事が大切。西洋から帰ってきた女の人でも家にしばられていた！　そして人間が人間として尊重するのは、病気になった時、どの様な対応をするかが大切である。明治の女性は家と夫に束縛されていたが我慢する事があたりまえになり、とても力強く生きていた。人間は一生をどう生きるか。自分の学問の世界を作る事が大切であり、それが出来ないと自分の意見を持てない。強い者に対してきちんと発言出来る人になる。人間としての優しさが大切など、種々な女の人達が女を研究している様になった事など色々な事を学ぶ事が出来た。ノートを見直してみると、その当時がとても懐かしく、もう一度女性の生き方を考える事が出来た。

インスリン増え恐くなる。鈴木さんが退院された。とても世話になったので、エレベーターまで見送った。インフルエンザの人が入って来たのでタミフルを飲んだ。薬もインスリンも時間に行かなくて（眠ってしまう）パニックを起こす。看護師さんにインスリンの注射をしてもらう。自分で注射するのが恐くなった。一晩寝たら、みんなの分、生きるんだと、太陽を見たら元気になった。

—二十九日（火）女医さんKの診療、ステロイドの副作用で顔や足に浮腫が出て体が変わっていく。不安を感じたが友の姿を見ていたので少しは理解出来た。

—三十日（水）K医師の診療、ストレッチ、昨夜眠れなかった事伝える。薬で活発になるようにしているので「薬を飲んでも夜は寝る事」夫昼来る、長男の晴彦が家に来ているとの事ですぐ帰る。小田原の義兄と姉来る、歌舞伎座のカードと母のお守り（ブローチ）渡す。

—十二月一日（木）恭子の誕生日、電話をする、夫来る、自然体で過ごすようにする。ラジオ深夜便を聴く、眠くてマスクするのを忘れる（十時三十分～三時三十分まで）うつらうつらする。毎日の生活リズムを整えるようにする。

—二日（金）今日は天気が良さそう……。段々と明るくなっていく空の様子を見ながらポカーンとする。六時半からラジオ体操をする、朝焼けを見ながら手帳の整理をする、今日飲む薬がなかなか届かない。看護師さんが忙しくて届かなかったらしい。尿検査、いつも取る。便二日出なかったが少し出る。午後「かな」と「体操」の宮本さん来る、お花の飾り物もらう。かな教室は有馬高校の二教室をお借りして齊藤紫香先生（大東文化大学講師）と和田清泉先生、相部小香先生に分かれて教えてくださる。

いろはから始まり、高野切第三種（伝紀貫之筆）など……。先輩の方々は読売書法会、藍筍会、香樹会などの展覧会に出品しており、師の日展・日本の書展などを共に、友達といっしょに行くのが楽しみであった。役員は順番にするようになっていたので今回は無理を伝える。至って元気なので安心してと伝える。薬の効き目を待っている段階で退院はいつになるか分からない。医師に長期戦だと言われる。色々な人がいて面白い……。今は聞き方にまわる事にしている。夜中深夜便のメモ、（走り書きをする）。深夜トイレに行きたくなった、ラジオをつけたら「屋根の上のバイオリン弾き」をやっていた。すばらしい歌声とバイオリンの音にトイレに行かず座って、舞台を想像しながら聴きほれる！

—三日（土）いつもの様に体操から一日が始まる、便がなかなか出そうもないので便秘のテレビを見てメモする。午後Hさん退院されて行く、山田さん来る。ご主人手術後、三日目で転んで骨折したとの事、短歌やる気がしないと……。「箱根の吟行の歌、みんな素晴らしい」と言って帰っていった。紫香先生の書のカレンダーを持って野手さん来る。彼女は管理栄養士で町田の専門学校に勤めており、私の息子も鎌倉児童ホームに勤める傍ら、福祉の授業を教えに行っており「身内のようなものだ」と仰って、色々な事を教えて下さった。安曇野のヨーグルトをいっしょに申し込んで下さったり、ペニンシュラの美味しいオリジナルプリンを息子さんに頼んで持って来て下さった。多趣味でご主人とゴルフに行った話など、楽しそうに「遠足に行く前の日のようにうきうきした」と……。ご主人を亡くされ、姑さんの介護など面倒みの良い人だった！　夫来る、ゴムバンド見つからなかったよう（体操の靴に入っているのに……）。髪飾り、持って来てくれたのですっきりとした。シャワーを浴びる。インスリン注射思うようにいかず、夜2単位なかなか射てず三回も刺す。順番を間違えたり力が入らなかったりああ眠い（二十二時半）看護師さん忙しいらしい。今夜は鼾をかく人が少なく静かな部屋になった。

―四日（日）やっと病院らしくなった。体操の後、髪を整える、山田さんスケッチブック持ってきてくれる。H医師、日焼けして帰ってこられる（どうも新婚旅行にでも行かれたようである）。分家の建具屋のおばさんが見舞い

料金受取人払郵便

新宿局承認

2525

差出有効期間
2025年3月
31日まで
（切手不要）

郵便はがき

1 6 0-8 7 9 1

1 4 1

東京都新宿区新宿1－10－1

(株)文芸社

愛読者カード係 行

お名前《ふりがな》			明治 大正 昭和 平成 年生 歳	
ご住所《ふりがな》	□□□-□□□□			性別 男・女
お電話番号	（書籍ご注文の際に必要です）	ご職業		
E-mail				
ご購読雑誌（複数可）		ご購読新聞 新聞		

最近読んでおもしろかった本や今後、とりあげてほしいテーマをお教えください。

ご自分の研究成果や経験、お考え等を出版してみたいというお気持ちはありますか。

ある　ない　内容・テーマ（　）

現在完成した作品をお持ちですか。

ある　ない　ジャンル・原稿量（　）

書　名			
お買上 書　店	都道　　　市区 府県　　　郡	書店名	書店
		ご購入日	年　月　日

本書をどこでお知りになりましたか?
1.書店店頭　2.知人にすすめられて　3.インターネット(サイト名　　　)
4.DMハガキ　5.広告、記事を見て(新聞、雑誌名　　　)

上の質問に関連して、ご購入の決め手となったのは?
1.タイトル　2.著者　3.内容　4.カバーデザイン　5.帯
その他ご自由にお書きください。
(　　　)

本書についてのご意見、ご感想をお聞かせください。
①内容について

②カバー、タイトル、帯について

弊社Webサイトからもご意見、ご感想をお寄せいただけます。

ご協力ありがとうございました。
※お寄せいただいたご意見、ご感想は新聞広告等で匿名にて使わせていただくことがあります。
※お客様の個人情報は、小社からの連絡のみに使用します。社外に提供することは一切ありません。

を持って来て下さった（すぐ退院するつもりだったので内緒にしていた）。「知らなかった」と言って入ってこられた。おばさんは器用で何をやってもプロ級であり感心するばかりである。特に写真は会の人達に教えていたようである。私もコーラスの役員をしている時、発表会の全員写真を撮ってもらった。高橋さん「コーラスの仲間心配しているので様子を見に来た」と「すぐ近くなので何かあったら言って」といって帰っていった。体操クラブでも、いっしょで自主トレで旅行に行ったり、「散歩で近くに来たから」と言われ、体に良い物をよく持って来て下さった。大河ドラマ「真田丸」の後、クラシックEテレを聴く。十時インスリンを打ちに行く、今日から眠るようにする。

─五日（月）朝レントゲン。心臓に少し水が溜まっているので利尿薬プロセミド四十ミリに増える。お隣の小沢さん、組合からの見舞いを持って来られる。奥様は猫好きで今は十五匹の世話をしている。私も猫は好きであるが、息子がアレルギーがあるので猫は飼わなかった。いつも庭や屋根をちょろちょろしているので話しかけると立ち止まって私の顔をじっと見て、置き物のように動かなくなり葉ずれの音に耳をピクピクさせる。ある時はのら猫が私のベッドの中で子を産んでしまい大騒ぎをした事がある、そして最近ベッドに入って寝ようと思ったら何だか、ゴソ、ゴソと音がして起き上がったら猫が私の顔を見ていて驚いた。いつ入ったのか「こら」と言ったら廊下をゆっくりと歩いていった、玄関を開けて外に出そうとしたが出ないので息子の部屋に一晩泊めて、早朝にサッシを開けたままにしておいたら出ていった。仲間に入れない猫もいて、いつも追い掛けられている。畑に来る長谷川さんが餌を持ってくる。

—六日（火）なんと入院してきた人は、泉会日本画の坂田さんでした。

脳梗塞で倒れ救急車で運ばれたとの事、個人病院のD先生に急いで連絡をしたら「救急車で病院に行くように」言われた、「早かったので良かった」とおっしゃっていた。家庭医の必要を感じた……。泉会の話になり、体調を崩したので私は止めた事、木彫のために公民館講座の横堀泉甫先生の「素描」を受講し終了後、先生の日本画教室（青少年会館）に入った、他に公民館午前、午後があった。先生が「近い方にしな」と仰ったので軽い気持ちで決めたら、なんと皆様、ベテランの方々で秦野市や伊勢原から通って来ている人もいた。伴さんや山根さんは日本画の展覧会に入選されていて、見学させてもらった。私は一年間家から花を持っていったり、石膏をデッサンしたりしてF6のスケッチブックに描き、顔彩で色付けをした。そして先生にみてもらった。先生は良く「境」を気を付けるよう言われた。五十嵐さんは長男と同級生のお母さんで元看護師をしていて、ボーイスカウトのお世話をしていた。良くベランダで育てた花の苗を持って来て、話していった……。そんなある日ご主人が朝方喘息の発作で亡くなり憔悴しきっていた。そして息子さん達に支えられ立ち直っていった。健康診断で血液の癌が見つかり大学病院で、「余命一年」と若い医師が病室に入って来ていきなり言われ、大変ショックだったと……。別の部屋で言ってくれれば良いのにと……。それから彼女は色々と学び、治療をし、弱音も吐かず、先生に構図をみてもらいに時折教室に来た。そして完璧に後の人が困らないようにしていった。それは見習う事ばかりであった。日本画泉会の三十周年記念の前に六十八歳で逝ってしまった。青少年会館が当番に当たりまかせますとの事、先輩が卒業していたので、短歌の友に声をかけ入ってもらっていたので、心強かった。皆で二十周年の時のノートを参考にし、打ち合わせをしながら先生に相談して決めていった。まず会場の申し込み（市民ギャラリーの第一展示室）平成二十一年五月三十一日（日）～六月七日（日）休館日六月二日、懇親会場を予約する、（ウイングス）五月三十一日十八時三十分～教育委員名義後援を申請する。広報えびな「掲示板」を申し込む、梅津印刷に行き、はがき七百枚申し込む、泉会のカラー「緑」の字で決める、各教室に題名・号数、懇親会の出欠、市民ギャラリー会場展示の打ち合わせ、五十嵐さん「ねぎぼうず」「水仏」部屋に飾ってあったものをお借りする、各新聞社・リベラル・タウンニュースなどに日本画展の掲載のお願いの手紙を書く、川越さんにポスターをお願いする、その他色々と打ち合わせをしてもらった。先生から展示を当日任せられたので、好きな所に置いてもらい、区画ごとに順にバランスを取りながら皆の意見を聞き決めていった。意外と早く終わったので安心した。会員の家族の方も手伝ってくれた。先生の作品をメインの場所に展示した。会場に流すＣＤを決めるのは楽しかった……。図書館のＣＤと私のコンサートで求めたＣＤをのんびり聴く事が出来た。その中から会場に合った曲を選ぶ。

懇親会は皆様ドレスアップして、華やかであった。梅谷さんの司会で先生へのお礼の言葉で始まった。謝礼、先生の挨拶、今回、手紙の相手の萩原さんの乾杯で食事を始める。萩原さんは書が上手で作品展の題名など、いつもお願いした。青少年会館の人で景品を持ち寄りビンゴをする、先生が居合を習っていたので、披露していただき、関係者の人を招待した。

先生の凛とした姿に見とれてジーンとなった。日本画や水墨画のすばらしいのはもちろんのこと、お酒やカラオケの好きな先生の違った面を見させてもらった。懐かしかった……。

同じ中新田の秋田さんと色々な話をした。花火の時、近くを通りバーベキューを楽しそうにしていて羨ましかったと……。子供が見舞に来てくれないし孫にも会いたいと言ってらした。いつかお母さんの事感謝して下さいますよ、私も若い頃は姑と色々ありましたもの、今では感謝しておりますョ……。

―七日（水）昼頃夫来る、明日八日、睦巳の音楽会があるので恭子から電話があったから行って来ると言ってすぐ帰る、司会振り聞きたいナ、想像しただけで楽しくなる。

秋田さん退院していかれる、お孫さんも娘さんも嘆いているほどでなく、感じの良い人でした。歳をとると悲観的になる、病気がそうさせるのだろうナ。病院に入って自分を見つめる事が出来て良い経験になった……。

―八日（木）ノートの整理をする、体操とコーラスの友根田さん、福田さん、徳永さん、高橋さん来る。椅子に花を飾った置物をいただく、病室が明るくなった。根田さんはコーラスの当番をいっしょにやってから美術館へ行ったり、皆で食事に行く時に車に乗せてもらった。専売公社に勤めていたので親しみを感じた、ボランティアで色々な物を作っている、とき折小物を作って持って来てくれる（いちごの形をしたものや、畳の縁で作ったものなど）。「宝塚の男役が似合いそうだ」と夫が言っていたョと言うと「もっと早く知っていたら入りたかった」とさらっと言う様な人である。福田さんは書道を子供達に教えていた人で、お母さん方の相談役をしていた様である。私も何かあったら「福田さんに聞くように」と夫から言われる。有馬高校からの書道の帰り道、夫に迎えに来てもらったら、車の中の話を聞いていた様で、頭の良い人だと感心をしていた。そんなに長い話をしていたわけではないのに……。顔を見れば分かると夫は言う。根田さんといっしょに家に来て話をしていく……。いつも着物や帯をリフォームして、チョッキや袋物を作って持って来てくれる、娘が気にいると持っていく、ボランティアで作ったものを沢山寄付している……。なにしろ器用である。コロナの時などはステキなマスクを作って持って来てくれた。徳永さんは同じ中新田に住んでいらして、若い頃は外国生活をしていた人でお洒落でした。そしてとてもステキな人です。高橋さんは私の様子を見に来てくれた人で、行動的で頭の良い人です。皆それぞれ個性的で、頭の悪いのは私だけのようである。ただ勘が良いと短歌の友は言ってくれる、それは夢で良くみる事が不思議に本当になってしまうのです……。単純で思い込みが激しい、ある時、婦人会で入った郵便局の集金が「新しい人に変わります」と言われたので、郵便局の人がいらしたのでてっきり新しい人だと思い「ご苦労さまです」と言って通帳を出し、印を押してもらった。郵便局の人は黙って帰っていった。すると数日たって郵便局の人が「集金です」と言って来られた、「あらこの間こられたでしょう」と言うと「来ませんよ」と言われるので通帳を持っていったら同じ所に印が押してあって、再び払った……。婦人会の人から気を付けるよう電話があった、残念もう払ってしまった。そして服の入れ替えをしている時に女の人の電話で「使わなくなった物、何でもよいのでありませんか」と言われ、「今整理をしたいと思っているところなんです」と言ったら「玄関に出しておいて下さい」との事、子供達の着なくなった物を山のように玄関に出して置いたら、男の人が玄関に来て「トイレを貸してほしい」と言われたので男用のトイレを案内したがなかなか出てこない……。「どうかなさいましたか」と言うと出てきた、今度「宝石はないか」と言われ、ないと言うと、「どんな物でも良い」と言うので、七宝焼とイミテーションのブローチを持っていったら、見て「いらない」と言って返してよこした。玄関の洋服も持っていかず、「トイレ借りたから」と言って帰って行った。さすが目が肥えているナと思った。友に話したら、市役所からパンフレットを持ってきてくれて「知らない人を家の中に入れたらダメだょ」と言った。そして、何もなかったから良かったと……。

それから電話が色々かかってくるが、「ありません」と言って断っている。長男の名前で電話がかかってくるが「声が違う」と言うとガチャンと切る。私は聴覚と嗅覚が良かったが病気をして段々悪くなってきた……。物忘れも多くなり看護スタッフさんが「忘れもの」と言って持ってきて下さる。言葉もなかなか出てこない、でも文章を書きたくなるのは、不思議である。

夕方夫来る、睦巳の「音楽会良かった」と言う、相模女子大学グリーンホールにオペラグラスを持っていったのでよく見えたと。夜、次男の昭彦来る。化粧品会社に勤めていて、仲間とゴルフやフットサルを楽しんでいる。娘二人と息子一人の良い父親である。有沙ちゃんは幼稚園の時からチアリーディングとピアノ、水泳を習っている、国立代々木競技場で開催された、ジャパンカップチアリーディング日本選手権大会（東日本大震災復興支援、とどけようスポーツの力を東北へ！）小二の時エキシビションに参加したので息子と応援に行った。フレンドリーチアリーデングクラブは二回目の出場で、中二から小二の二十三名選抜でチームカラーはピンクとシルバーです、みんな元気に笑顔で演技します、応援よろしくお願いしますと……片足上げてポーズとる友にささえられて、一番上にアメフトのチアの応援に横浜スタジアムへ皆で行く、子供達ポンポン振ってつぎつぎとターン、ジャンプするハーフタイムショー。アメフトは夫が大好きなスポーツの一つである、観戦するが私は余り……。ところが段々と大声になり、応援をする。「走れ、いけいけ」とブルザイズ東京、夢中になって孫のチアの応援に来たのを忘れる……。来季はXリーグ昇格というが、なかなか勝てないブルザイズ東京、孫のおかげでスポーツの楽しさを知った。今はダンス盛んな高校に入学して、練習を遅くまでしているので駅まで迎えに行っている。

唯沙ちゃんは水泳とピアノを習っていて、とても手先が器用で、几帳面である、小学校の頃百人一首の散らし書きのかなの本を貸してほしいと言って持っていくほどの本好きで、すごいナと思った。小学校で習ったようで一生懸命に覚えたようです、カワイのピアノ発表会が海老名市文化会館小ホールで開催された時は、幼稚園の年長ソロの部で「夢をかなえてドラえもん」、有沙ちゃん（小二）は「あまちゃんオープニングテーマ」を弾いた。唯沙ちゃんは中学に入って休んでいたピアノを始めた。英語が好きで中二の時に英検の準二級を合格している。中学になった頃から自分の希望の高校を決めていて、それに向かって努力をして、今年学校推薦で高校に入学した。

大雅くんは赤ちゃんの頃からスイミングに通っていて、小学校の頃夏休みに家族旅行に行った沖縄で初めてやったシュノーケルの絵、水中の光がみごとに描かれて、髪は逆立ち驚きの目、感動が伝わってくるとＭＯＡ児童作品展で銀賞を受けた。幼稚園の頃から地域のサッカークラブに入って活躍をしている。息子も少年野球、そして中学からサッカーをしていたのでお手伝いをしているようで忙しいらしく、電話をしないと来ない、用件だけすませると「じゃあネ」と言って帰って行く、サッカーの遠征も多く車出しもする。県央大会に準優勝した時は、スマホで送ってくる、溢れるような笑顔で真ん中に写っている。中学に入る時、クラブチームに合格したが、中学校のサッカー部に入ると断った。私は運動神経が良いので残念に思ったが、通うのが大変だと大雅くんは思った様です。

帰りセカンドオピニオンの事を言い出すが、ここにまかせる事を決めているからと伝える。これから先生が病気探しをして下さる様です。朝二時頃目がさめ、短歌が次々出てくるのでノートに書き留める。

—九日（金）朝H先生がステロイドがきいているグラフを持って来て下さる。

ほっとした……。朝から快便で気分良い。体操、院内を歩く。午後、さつき短歌会の山田さん小谷（信州の自家）の通行手形を持って来てくれる。明日渋谷さんが十一時半頃来ると言う。十四時〜十六時まで昼寝をする、十七時〜三十分入浴をする、出てきたら座間のお母さんと好章ちゃんに会う、シクラメンの花を持って来て下さるが病院で良くないと言われ、申し訳ないが他に持っていってもらう。

夜看護師さんが「秦さん花火やっている」といってカーテンを開けて下さった。冬の花火を部屋の人達と、窓辺に来る人、歩けない人のためにカーテンを全開してしばし楽しんだ、変わった花火が次々と上がり澄んだ夜空に色彩がはっきりとして吸い込まれるようでした。冬の花火は珍しいと言いながら沈黙の時が過ぎた。それぞれ何を思っているのだろうか……。看護師さん心遣いありがとうございました！　何処の花火であろうか遠くにくっきりと見える（座間キャンプ）。後で分かる。

—十日（土）Ｓマスクを使用したら、いやな夢を見る東隣の人に「枝が道に出ている」と苦情を言われている。そうだ、植木を整えないといけないと思う。いつものマスクにもどす。朝母の夢を見る、死に目に会えなかった、会いたいといって泣いていた……。焼けた位牌を持って岩原の祖父が座っていて祖父に抱きついて泣いている。祖父にはかわいそうな事をしてしまった。私達の為に日本にいてくれて後を見てあげられなかった（ふる里にアパートを建て生活していた、私も高校三年の三学期から祖父のアパートで二人で生活をした）。父が再婚し姉達も結婚したため。「ごめんおじいさん」……。

午前中鋏を探して疲れてしまう、口の中変な味がする。病気をし色々な話を聞き私は本当に世間知らずだナと思う、大きな心で包んでくれた夫、姑、ありがとう！　そして姉達、義兄みんなありがとう！　半月が窓から見える。

運動のしすぎで右足痛、明日から少し休もう階段の上り下り。

―十一日（日）二時に目が覚め、ボブ・ディランの特集を聴く、「笠地蔵」の昔話まで聴いてしまう……。

小一の劇で村人を演じた事を思い出した、森田さんの司会で南果歩様の朗読とても上手だった。作者は「鈴の音」にこだわりお地蔵さんが近づいてくる音、遠ざかっていく音を大学の鐘を聴かせてもらったと話していた。

伊藤さん退院された。パジャマなのでまだかと思い私トイレに行ってしまった、「みつけたがいらっしゃらないので宜しく」と伝言された。急いで下へ行ったがもういらっしゃらなかった、申し訳ない事をしてしまった。今度は早めに挨拶をしておこう……。

入江泰吉の写真を見ながら『万葉花さんぽ』を読む。ゆったりとした気分になる。万葉集は私の宝もの。澤柳友子先生と二十余年で全巻読み上げた事、そして、その仲間に大変お世話になりました。万葉集との出合いはテレビセミナー第四回「万葉びとの歌ごころ」厚木婦人会館でした。講座終了後「厚木萬葉の會」が昭和六十二年五月発足した、『萬葉集、（訳文篇）』（塙書房）を使用する、万葉集を勉強するなど国語の苦手な私にとって思ってもみませんでした。田舎育ちで母と早く死別したせいか、わがままで甘やかされて育った。種々の習い事をしましたが中途半ぱで、長続きしません。私が万葉集を続けてこられたのは先生の魅力と共に、良い仲間にお会い出来たからです。最初の講義の時「秦さんはどなたですか」と尋ねられた事を覚えている、万葉集は理解出来なくとも先生のお話をお聴きするだけで良いと思って、後ろの席で目立たないようにしておりましたのでドキッとした。萬葉集巻第一の一は「籠もよ　み籠持ち　ふくしもよ………我こそば　告らめ　家をも名をも」の天皇の御製歌で始まる。鉛筆で秦氏（帰化人）を可愛がる、絹を捧げる、姓を賜る「も」ほめ言葉に使用、雄略天皇、色好みの天皇、プロポーズの言葉、名前を教える事は結婚を承知する事とメモしてあり納得をした。いつの間にか、子供の悩みを聞いてもらったり、皆さんの話を聞き、嫁としての立場を考えさせられた。夕飯の後かたづけを直ぐやりたくない時、ある人の姿が浮かんできて、お歳なのにみんなやっていらっしゃるのだと思うと元気が湧いてきた。澤柳先生は、奥床しく、常に自然体で言葉の深意、日本語の美しさ、時事に即した話題、文学散歩、奈良研修旅行、など沢山の事を教えて下さいました。そして新宿で待ち合わせをして第九のコンサートに連れていって下さいました。平成三年、万葉の会の飯田さんに「新しく短歌の会を作るので入らない」と言われ、水引会に入れていただいた。先生は山下志のぶ様でジェームス三木さんのお母さんでした。私は先生のお宅まで自転車で通った。最初は見学で、お勝手に近い先生の隣に座った。手を折りながら歌を詠んだ事もあった。家で詠んでくるよう友に言われたが先生は「来るだけよい」と仰って、自由に詠む事が出来た。醍醐の先生のお弟子の江尻さんが本を出版された時、志のぶ先生の紹介で平成四年醍醐に入会した。厚木文社会は皆さん活発に発言されていた。平成七年五月から海老名公民館で、武田引之先生の「初心者の短歌入門」の募集があり参加した。先生のテキストを中心に進められ、毎回一人ずつの歌人の肉声テープを聴かせてもらった。終了後海老名短歌会が発足（さつき短歌会に改名）、月一回一首の短歌を添削していただく、実作になると厳しかった。体を動かし今見ているものと違った所に移動（庭に出る）、そして良い歌集を読み努力する事、歌が出来なくなったら上達した証拠である。歌は奥が深いので完璧という歌はほとんどないが歌としてダメな歌もない、中間をさまよっているから勉強する、それが喜びとなってくる。言葉に関心を持ち、辞典を持つ習慣づける事と歌は素直に懸命に詠う事。

厚木支社会の歌会記を持って、浜田蝶二郎先生のお宅に伺うと「ご苦労さん、上がりなさい」と仰って短歌のお話をして下さった。そして奥様がお茶を入れて下さった。先生のお宅へ伺うのが楽しかった。

平成十二年厚木支社会の時「若山牧水、短歌大賞が出来たので応募してみなさい」と用紙をいただき初めて投稿した。

川底にすばらしき国ある如く紅葉《もみじ》せし山くつきり沈む（秋田の抱き返り渓谷のうた）

一般の部の佳作になり延岡市長から記念品と賞状、合同歌集が送られてきて驚いた。早速浜田先生に報告しましたら、喜んで下さった。

平成十三年神奈川歌人会に万葉の会の飯田さんの勧めで入会する。神奈川歌人会五十年史に参加する。さつき短歌会の仲間と実朝祭に参加したり、吟行に色々な所に行った。素晴らしい師と仲間に支えられ短歌を続ける事が出来ました。

万葉集の会に参加して、澤柳先生がお話しして下さった心に残る言葉。

一、年を重ねると共に若さはなくなるが人格が身につく（言葉使いは人格を表す）。

二、万葉集は人生を豊かにする。

三、物の見方は人によって違う。

四、子供は天からの授かり者と言うが預かりものである（大切に育てる）。

五、「もう」ではなく「まだ」の人生を送る。

六、人間思えばできる。思えば叶う。

七、笑いの多い人生であってほしい。

講義終了の昼食は、当日、当番が出欠をとり、予約をしていた店で、先生を囲み食事をしながらの雑談はとても楽しかった。先生の卒業の言葉は「自分に言われて嫌な言葉は他人には言わない様に」でした。平成十八年三月巻二十の最終歌、大伴家持の「新しき　年の初めの　初春の……」まで、四千五百十六首を読み、学んでまいりました。そして年一回「会いましょう」という事になり、昼食会を行なってきました。平成二十三年三月十一日、私達が当番の時、「梅の花」で食事を終え歓談中に、大きな揺れが来て、立ち上がり「テーブルの下に隠れて下さい」と大きな声を出したのを覚えている。店の人が来て「すぐ外に出て下さい」と言われ、暗くて狭い階段を皆が出たのを確認して最後に下りた。そのうち駅へのシャッターは下り、時間を過ごすのにコーヒー店に入った。携帯電話は通じなく、様子を見に行った人が、「何だかすごい事が起きているようだ」と帰ってきた、東京に帰る先生や、数人がホテルに泊まる事になった（先生に「私の家に泊まって下さい」と申しましたが、……）。一部屋とれたので皆で泊まられた。それから私は夕方、ぞろぞろ歩いている暗い相模川の橋を、風を受けながら帰った。夫も厚木に行っていたので「急いで帰ってきた」と家は異状がなかったよう……。しばらくすると座間のお父さんが「電車が通らないので歩いてきた」と、疲れてしまったようだった。落ち着いてから電話をし、車で迎えが来て、帰っていかれた。次の日、電車も通り無事にお帰りになられた。忘れもしない、あの東日本大震災が起きたその日であった。これを最後に万葉の会を解散する事になった。ああ先生や皆様に会いたいナ。命の尊さを、そして生きている素晴らしさ、原発事故の恐ろしさをつくづく感じた。みんなの分生きよう……。

この地球は人間だけのものではない。あらゆる命あるすべての物、植物だって、動物だって鳥達だって、みんなのものだ！　戦争なんてやってはいけない！　その時代に国の指導者によって尊い命を国にささげて死んでいくなんて、私は戦後のベビーブームに産まれ戦争の事はよく分からないが友や姑から話を聞く事があり、祖母の妹、萩園のおばさんの事を思い出した。四人もの息子を次々に戦争で失い、お勝手の隅でエプロンで顔をかくし泣いていらした事。夫の親も沖縄で戦死した……。出征の時、夫は二歳でよちよち歩きで足にすがりつき離れなかった事、下谷のおばさんから聞いた、今でも忘れられないと……。そしてヒバの木を植えて行った。今では門の横に、途中から三本に分かれそれぞれを抱え込むように大きく育っている。まるで家族を見守っているようである。姑も秦家に嫁ぎ苦労をした。働き詰め、男の人に交じり家を守ってきた。そして私を嫁として、孫も自分の子供のように、よく育ててくれた。若い頃はよく反発もした、短歌は「私だったら和歌をやる」とそれとなく仕向けてくれた。本当にありがたいと思っている。

長男晴彦の妻、松田のご両親がお見舞に来て下さる、ご無沙汰している事を侘びる。お母さんステロイドもう十年も飲んでいる、「安心なさって下さい」と言われる、ゴルフも皆で行く様に……。足が痛いので歩くだけにする。

—十二日（月）今日はおならがよく出る。女医K先生が「腸閉塞改善されたネ」と言って下さった、便もすんなり（浮き良い栄養状態）血糖値の針出ず二本無駄にする、さつき短歌会の山田さん、渋谷さん来る、改築した時、中新田に住んでいらしたので時々寄っていった、とても真面目で穏やかな人です。十五時H先生から病名の説明、顕微鏡的多発血管炎との事、様子を見ながら治療していくとの事……。

—十三日（火）H先生いらして、なるべく暮れをめどに退院していけるようにに……。お正月は免疫が下がっているので、人ごみの中に行かないようにする事。お休みになるのでスタッフが少ないので家の方が良い、外来で治療をしていくと言っていた。

―十四日（水）恭子が来て眠っていたので食事をして来たといって入ってきた。化粧品を買って来てくれた、眉をカットしてくれる。さっぱりした。昼食をしながら色々と話をした。「お母さん私の為に生きて、どんな姿になっても、生きてほしい」とぽろぽろと涙を流した……。私も、もらい泣きをした！　苦労しているんだナと思った。でも皆夢に向かって進んでいる、だから頑張るって、昭和女子大に行って、良かった、おばあちゃん、私が厚木高校に行った事、着物を作ってくれた事など自分が出来なかった事など私（恭子）にして嬉しかったと思う……。恭子がいてくれて良かった！「ありがとうおばあちゃんの面倒良くみてくれたネ」。

―十五日（木）ステロイド減らすとの事、足痛いので歩くの止めていたら筋力が落ちてしまったので、今まで通りやるようにとの事、安心する。

―十六日（金）小田原の姉に電話する。安心した様子、足が痛いので「注射をしてきた」と言う。自分でマッサージをする様に勧める。恭子、夫来る。野手さんが先生のかなのカレンダーを持って来てくれる。山田さん「絵の帰り」と言ってやって来る。娘さんは末期癌で、ご主人は骨折したので座間総合病院に移り、認知も入ってきているよう……。

病院から呼び出しがあり「宥めてくれるよう」言われたと、山田さん、自分が参らないように話をする。今日からステロイド減る。注射も血糖測定もやっとなれてきた。お茶の御点前のつもりでやるようにする。

—十七日（土）近所の三橋さんお見舞いに来て下さる。子供が幼い頃いつも遊んだ（男の子二人と近所の子供）、梅林の端に盛り土があり、雨が降った後は、ぬかるみが出来、泥んこになって遊んだ、最後は靴がぬげ、土の中に潜ってしまい探すのに大変だった……。庭には砂場が作ってあるのに、自然の中で遊んだ方が良かったようです、積み木をしたり、色々な遊びをした、小学校になると三橋さんはご主人の転勤で仙台に行かれた、我が家の子供は少年野球（ベアーズ）に入り、日曜日は親子共に出かけて行き大変だったが、楽しかった。親同士も、親しくなった。中学になってからはJリーグが始まるという事でサッカー部に入った。三橋さんご主人が定年になり戻ってこられた。あの頃は良かったネと思い出話をする。夫来る、体操の友、桐谷さんが来る、お寿司を持って来てくれる「食事病院で出された以外は駄目なの折角作ってくれたのに御免ネ」、「ではご主人に」と言ってくれたが……。私が作った物でないと駄目なの本当に御免なさい。彼女は料理がとても上手で、健康に良いからとヤーコンや菊芋を持ってきて、パンフレットも添えてくれる、種芋を増やして近所に分けてあげた。そして三春の桜や磐梯山を案内してくれた。ご主人が書と写真をなさっていて、お宅に行くと写真や書を見せていただき、帰りに使わなくなったからと「かなの本」や紙を沢山持たせて下さった。二人で海外旅行に行かれたので元気だとばかりに思っていたら「お父さん癌だった」と言われ驚いた……。帰りに夫が、「生きていてくれるだけで好《い》い」と言ってくれた、嬉しかった……。

―十八日（日）何時も通り、八時～十時まで日曜美術館「鈴木其一」を見る。ノートの整理をし、テレビを見ていたら眠くなってしまい寝た。金縛りの様になり頭は起きていて体が起きようと踠いても駄目、いやな気分になる。マスクが苦しかったのか疲れた。

午後処置室で「お話会をしてほしい」と看護師さんに言われ、お喋りをする。帰り受付の前のパンフレットを整理し、横になっていたお知らせをテープでやり直す、大分すっきりとした。座間のご両親、ディズニーのお土産を持って来て下さる、お父さんの実家が千葉なので、手伝いに行かれてはスイカ、トウモロコシなど季節のものをお裾分けして下さる。長男の晴彦来る、鎌倉の児童ホームに勤務していて、色々と忙しいらしくてすぐ帰る……。赤ちゃんが産まれたのでドアーの外から覗く。可愛いどんな状態なのかナ、早くお母さんの所へ戻れると良いナ……。

—十九日（月）シャワーでなく、体を拭くだけにする、馬油でマッサージするとブツブツが少なくなっていった、ゆっくりと軽くこする。明日からダイフェン一日おきになる。夫来る、夕方、川又さんからメールが入っていたので電話をする。Kさん短歌で具合が悪くなり救急車で海老名総合医院に入院したとの事、私は元気になったので心配しないように伝えて下さい。人生勉強させてもらっている……。

—二十日（火）馬油がなくなってしまったので買ってきてもらう。来週退院の予定、クリスマスはちょっと無理のようです。昼シャワーをしてマッサージをする。山田さん来る、大変なようである。体、気を付けるように言う。

「気分転換になった」と。

—二十一日（水）昨日いつも大声を出して「オーイメシ」と言うおじいさんが退院され、幼子が入院して来た（五歳位）。とても可愛い男の子、ドアーの外からディズニーのビニール袋を持っていって、お話をしたり、歌を唱ったりしたら泣き止んでくれたので嬉しかった。昼寝をしていたら、「ババちゃん、ババちゃん」という泣き声で目を覚ます。淋しいんだナ……。

—二十二日（木）馬油でマッサージしたら、大分良くなった。K女医さん「お風呂に入ったら濡れているうちに付けるように」言われる。ららら♪クラシック十時三十分から見る、色々な作曲歌のアベ・マリアを聴き楽しかった。ストレッチ・鏡を枕の横に置いていたら、上から少し踏んでしまい、割ってしまった。病気がそんなに優しいものではないように思った。大和のお母さんが病気をしている夢を見る……。実はお父さんが癌になっていた。

夫に鏡を持って来てもらう。田中様は、折り紙を教えて下さった。音楽の先生に「下手だ」と言われて、「歌を唱うのも聴くのも嫌になった」と言う、歌番組も見たことないと言う、音楽聴くのは楽しいョ。私だって下手だけど、声を出しているうちに上手になるから、そして音楽聴けば、いやな事だって忘れて、気分が良くなるから、体にも良いから、もう一度ためしに聴いてみたらと勧める。「じゃあ聴いてみる」と言われた。

―二十三日（金）あさいちに黒柳さん出ていて、ずっとテレビ見てしまう。恭子重そうに馬油を持って来てくれたので、やっとコップが綺麗になった。足のブツブツもきれいになる。『万葉花さんぽ』を再び読む。今日は「天皇誕生日」姉の誕生日でもある。朝からテレビを見てしまう。夫来る、こくやのおじさんの四十九日法要が明日あると言う、おじさんにお線香をあげに行きたかったナ、地類の中で一番厳しい、物知りで、働き者、回覧板を持って行くと一つ話を聞いてくる、帰りには、お菓子や作っていない野菜をもたしてくれる。一人暮らしなので、近所の人達がよく集まっている。離れ家には、孫夫婦が住んでいるが自炊をしている。自家の父を思い出す。

―二十四日（土）大森さんが退院され部屋が三人になった。甥の厚ちゃんが「病院へ来た」と言って、見舞いに来てくれた。血液の病気で輸血をしに来ている。幼い頃から病気がちであったが、働き者で俊ちゃん（兄）のウェットスーツ工場の工場長をしている。姉が精神を病んで入院中、大腸癌で「手術をしない」と言う……。病院に見舞いによく行ったが、どこが悪いのかと思う……。皆は姉が先か、私が先かと思っていたらしい……。昼頃小田原の姉が見舞いに来てくれる、火曜日に退院する事を告げるとほっとした様だった。だんご粉を持って来てくれた。ふる里の酒匂川の清らかな水で育った米を粉に挽いて毎年義兄が送ってくれる、俳句が趣味で色々の場所で活躍をしているＮＨＫの俳句王国によくとり上げられている。十二月になると私の短歌をカレンダーにしてくれる、仲間の人にも作っているので喜ばれている。年々写真も上手になり出来上がってくるのが楽しみです。十五時から海老名中学校の吹奏楽部のクリスマスコンサートを聴く、毎年病院に来て下さる、久し振りの生演奏とても楽しかった。そして皆で歌った……。最後まで柱に隠れ、片づけを見た。糖尿のＨ先生がみえる、若くてハンサムな先生で、「インスリンのコントロールをするため通院してもらう」との事、腎臓内科のＨ先生の紹介。

—二十五日（日）朝からテレビ「日曜美術館」十時まで見る。昼寝をしてスケッチをする。野手さんが来て退院についてのアドバイスをしてくれる。夜、風邪の人が入院してくる、一晩中咳をして看護師さんと言い合いをしている。泣いたり、叫んだり若い人らしい……。

—二十六日（月）退院の為の指導を受ける。早めに退院の挨拶をする。ラジオ深夜便を聴く、ダークダックス、プロ野球の選手の子供、水原ゆみ子ちゃん三歳「花のメルヘン」可愛い声で聴きほれる。ああ早くコーラスに行けるようになりたいナ……。

先生方には大変お世話になりました。私は習い事が多かったので、公民館講座を受講しませんでした、講座終了の発表会を日本画の友が「入りたいので、いっしょに行ってほしい」と言われ、聴きに行きましたら、知り合いの人も多く皆楽しそうに歌っていて、私も歌いたいと思いOB会に入会した。月三回木曜日午前、日本画は午後、コーラスがあった日は日本画に行くと、「何かあったの……良い顔をしている」と言われた。楽しくて……。コーラスだったの。声を出す事、私に合っている様です。そして先生の話は面白い、日常の事から音楽の事までエピソードを交えながら話して下さる。詩音の十五周年記念コンサート後に、当番制で役員をやっていたが先生が行って下さる事になった。ピアノは先生の妹、野末先生。とてもお洒落な可愛い方で気楽に話が出来る。ピアノを聴きながら、川田先生の特別な指揮を見て歌った。とても歌いやすかった……。先生の伯母、加藤先生が加わり、事務的な事や、歌っている所が分からなくなる人の為に、そっと来て教えて下さり、皆が楽しく歌えるように気を配って下さいます。病気後の音楽祭の時、先生にエスコートしてもらい舞台に立つ事が出来た時の気持ちを鮮明に覚えている。「元気になって良かったネ」と他のグループの人達からも言ってもらった。コーラスをやっていて良かった。今コロナ禍でずっと休み、いつか歌える日を楽しみにしている。娘や孫がピアノを弾いてくれるので時折、歌っていますが皆で歌う「詩音」が好きなのです。

—二十七日（火）本日退院、栄養指導を受ける。皆様とても良くして下さいました。看護師さんは大変な仕事だナと思いました。人手不足を感じた……。ありがとうございました！　十五時三十分、夫迎えに来る。

家に帰ったら玄関のシュロチクは全部枯れていた。嫁ぐ時にトラックの隅に父が持たせてくれたものを増やして、子供達が独立した時に持っていったらと言ったら「いらない」と言われてしまった……。観音竹は木の下に置いてあったので枯れずにすんだ。家の中に入ったら大変な事になっていた。台所は「カビ」が生えていて掃除をしなければ使用出来ませんでした。ああショック！　やっぱり今まで姑と二人で家の事は皆やってしまっていたので……。

―二十八日（水）台所の整理をする、今日も又足が浮腫、骨の薬飲んだので少し眠い、野手さんが松葉牡丹を娘さんといっしょに持って来てくれた。恭子手伝いに来てくれる。外でお茶をしていたら恭子に怒られた、寒いのにまだ早いのでは……。

―二十九日（木）台所の整理をする、足浮腫、体操の高垣先生に教えて頂いたマッサージを朝、昼、夜眠る前にする。あの頃は楽しかった。

―三十日（金）～三十一日（土）台所の掃除をする、花を生ける（池坊裏千家）、若い頃、勤め先で習う。寺に行く。

―平成二十九年元旦。今年は新年の挨拶に寺にいかず、のんびりする。

―二日（月）煮染め作る、牛乳寒天、かずの子、なます。

―三日（火）毎年決まっている、お年始を子供達と孫だけでする。満さんと睦巳君は、受験のため来ない。サラダとエビ、鶏唐揚げは皆が来て揚げてくれる。刺身、寿司は（長男の友）注文する、籠清の蒲鉾、伊達巻は松田からお歳暮で届く、その他色々な所から届くので帰りにおせち、その他持たせる。

今までは、次男の座間のお父さんがシェフなので手伝ってもらう、皆楽しみにしている。満さんの大和のご両親も、大きな苺の箱を持ってやってくる。今年はちょっと淋しい、早く元気になって皆が集まるように……。

―四日（水）台所の整理をする。

―五日（木）～七日（土）まで戸棚の整理や座布団を干して仕舞う。なんとなく整理が出来た、まだまだ気になるが……。七日の朝は庭のせりと野菜を採って、七草かゆを作り、神さまと仏さまに供える。

―八日（日）～十二日（木）まで疲れたのでのんびりする。

―十三日（金）病院に行く、目から出血する、最初に腎臓内科の外来で入院を勧めて下さったA医師に挨拶をする。外の病院から診察に来て下さる、外来がある日には様子を見に来て下さった。栄養指導を受ける、夫ゴルフなので恭子が付き添ってくれた。タクシーを使用する（海老名市福祉タクシー利用券を使う）。

―十四日（土）どんど焼き、おだんごを作って、神様に十二個（月の数）枝におだんごを付けて両側に供える。仏さま、お稲荷さん、外の神さんに三ヶ所、三個枝に付けてお供えする。子供会ごとに相模川の河原で行なっていたが、小学校の校庭に変わり、コロナ禍になってからは我が家の田んぼ（学校の前）の道で簡単に行なっている、道祖神に納められたお正月のしめ飾りや古い御札など集め、おだんごを持って各自やって来る。

―二十一日（土）腎臓講座がＫ医師によりある。病院の隣の建物で行なわれた、二階に上って行く時、外階段なので、寒くてやっと上る。足が浮腫で象のようになってしまった。

―二月六日（月）野菜、千枚漬け、かぶ漬けを作る。ピアノ調律来る、久し振りピアノを弾く、草むしりをする。

―七日（火）草むしり、昭彦の部屋を掃除する、病気をしてから私が使用している。机の横に長テーブルを並べ、窓から移りゆく季節を満喫する、まるで森の中にいるようである。テーブルの中央に息子の机にあったサッカーボールを持って座っているさるのぬいぐるみと、夫の知り合いから頂いたトナカイのぬいぐるみを寄り添わせ置いて、和んでいる。いつの間にか両側に小物、資料、本でいっぱいになってしまう……。体操の友倉賀野さんに電話する、ご主人も病気で、色々と食べ物の缶詰などを持って来てくれる、馬油が良い事も彼女から教えてもらった。市のサポーターも一緒にやらせてもらう、体操れもんの会の発起人でもある。

一八日（水）朝から小豆を煮る。色々な料理を作る、以前に公民館講座の日本料理、フランス料理を学ぶ、二講座ともOB会が出来た、フランス料理はフランスの家庭料理を中心に教わる、先生が東京調理士専門学校に勤めていた為、年四回と食事会を行った。姑は余り口に合わなかったようで「いつもの料理のが良い」と言った。好き嫌いが多く、刺身は食べなかったので夫も食べない、私は大好きで、人の分まで食べたい……。子供達は何でもよく食べた。夕方俊ちゃんが来た、姉の具合が良くないらしい。

―九日（木）苺大福を作る。午後少し咳が出る。足が冷たくマッサージをする、のんびりとする。

―十日（金）午前中、畑の草むしりをする、白梅に藤の蔓が絡まっているので取る。

―十一日（土）朝からテレビを見てしまう、床下の整理をする、梅酢やだんごの粉などビニール袋に入れる。

―十二日（日）いつもの様に午前中テレビ「日曜美術館」、炬燵でストレッチしながら寝てしまう。

―十三日（月）気分が良いので斉藤さんの前の木の剪定をする、午後「サウンドオブミュージック」を見る。何回見ても楽しい！　初めて見たのは若い頃小田原の映画館、洋画がくるとよく見に行った……。映画観を出ると世界が広がったように良い気分になった。

―十四日（火）隣の小沢さんのご主人が昨日亡くなられたとの事。いつも私と同じ事を言っていると奥さん……。透折を二日後から始める予定だったと、奥さんにもたれるように逝かれたと……。足に浮腫があったので隣に行ったが「病院からまだ帰ってこない」と言われたのでお悔やみだけ言って帰ってきた。近頃見掛けないと思っていたら体調悪かったのですネ。

―十五日（水）膝が痛い、再発したらしい、午前中台所の掃除をする。午後足が冷たくパンパンになる。

―十六日（木）病院に九時三十分検査、糖尿十一時三十分、高脂血症、悪玉コレステロール値が悪く、浮腫、肺に水が溜まっているとの事、安静にしているように……。一週間様子を見ようとの事。

―十七日（金）足冷たい、小沢さん通夜、組合なので夫が手伝いに行く。春一番吹く、ラジオを聴きながらのんびり過ごす。左目出血をする、朝、顔を洗っていたら目が痛く、鏡を見たら血の塊がある。午後、サンサーンス歌劇「プロゼルピィヌ」聴く。

―十八日（土）俊ちゃん様子を見に来る、座間のお母さん、玄米パン買って来てと頼むと、すぐ買って来てくれる。

―十九日（日）晴彦、ゴルフの帰り来る、元気そうにやっている様子安心する。

―二十日（月）父の命日、交通事故だったので、なかなか立ち直れなかった！　昭和六十三年二月夕方、農機具店に手伝いに行った帰りだった。国鉄を退職してから旅行の案内をしたり、田んぼの仕事をしたり、買物を頼まれると問屋に仕入れに行った。三月で止めると言っていた矢先の事である。

姉から電話があり、急いで病院へ行った。父はもう意識はなかったが、一生懸命に話しかけると血圧が上がってきた。ああ聞こえているんだナと思い、ゆっくり励ましながら手を握った。気が付いた様な気がした、何も言わなかったが……。医師が注射をしていった。皆が集まってきた。朝方、息を引き取ると、太陽が昇ってきた！　ああ産まれ変わったんだナと思った。

父は私が欲しいと言ったものは、何でも買ってくれた、洋服などは、今でも処分出来ずに繕って着ている。国鉄に勤めている時は、自転車を外に出して送った。帰りにはかならずお菓子を買ってきてくれた。皆でお茶を飲むのが楽しみであった。十日間の無料パスが出たので友となるべく遠くへ旅行した。

恭子が来る、睦巳君の受験で疲れたのかと思ったが、更年期に入ったようである。

―二十二日（水）足パンパンになり冷たい、入院の準備をする。

―二十三日（木）入院をする、西病棟四〇五室、眼科に行く、血管が切れたので経過観察との事、K女医さん診察に来て下さる。この病棟は癌患者の人がいて、痛がっている、目が覚める。大変だナと思う、痛いのはいやだ、でも痛いって事は、生きている事を知る。

―二十五日（土）いつも見ている心の時代「道元」を見る、土曜日の十三時〜楽しみである。我が家は曹洞宗で健康の時は、元旦には着物を着て、寺に行き新年の挨拶をする。本尊の木造釈迦三尊で中尊の釈迦如来像は、鎌倉扇谷の仏師、後藤右近によって、天和三年（一六八三年）に造像されたと考えられ、胎内仏を有している。お参りして住職さんのお経を聴き、説法を聴いて新年の始まりです。今年は一寸無理でのんびりした。

―二十六日（日）目大変良くなる、咳が出て気になったが「痰」を少しずつ出したら良くなった。今日は醍醐の厚木支社会（短歌）があるが欠席。

―二十七日（月）西病棟から東病棟に移る。看護師さんが「お帰りなさい」と迎えてくれた。何だかほっとした……。

―二十八日（火）採血と尿の検査をする。腎臓も血管炎も良いとの事、ステロイドがきかないとの事、糖尿からの治療になるかもと……。睦巳くん「湘南高校」に合格！　晴彦、昭彦、小田原に連絡する。

―三月一日（水）検査結果良いので来週退院の予定。尿酸の薬増える。

―二日（木）血圧高めなので明日から薬が二、五三㎎増える。小田原に電話する、雨なので夫は「今日は行かない」との事、夜、二十時二十分～入浴をする。

―三日（金）山田さんに電話する。醍醐の山田さんと同姓同名なので間違えてしまう。「さつき短歌会退会した」との事、気になっていたので声を聞きホッとした。午後オペラ「湖上の美人」イギリスの詩人スコットの物語詩、スコットランドの湖の小島に住む、貴族の娘をめぐり、国王と三人の勇者が恋と武勇を競う、聴きながら醍醐を読む。

—四日（土）朝からFMを聴く。歌舞伎解説、オペラ、合唱など、便もすっきり、三人でおしゃべり、隣の人が「文春」を貸してくれたので、歌舞伎の本を貸してあげた。サッと読み返す。

—五日（日）小田原へ電話をしたら「転んで仕舞った」と。午後クラシック聴く、恭子墓参りに来たとの事。

—六日（月）尿検査と採血、成り立ての看護師さんらしく、台を直したり、椅子を持って来たり緊張しているのかなかなか始まらない。

—七日（火）今日はベッドの周りに集まり、サロンのようになる。本の貸し借り、Kさん癌の事、透析の事など聞く。血圧の薬増える。

―八日（水）朝、骨の薬飲む、短歌を詠む、足の浮腫なかなか治らない、たん白も出ている。

―九日（木）原さん退院されるので、指圧のパンフレットあげる。

―十日（金）午後退院する、短歌詠む。

―十一日（土）台所の掃除をする、やっぱり足、顔の浮腫気になる。部屋で軽くストレッチをする。夫、神成クラブの掃除に行く。

―十三日（月）呼吸器科、CT、間質性肺炎は変化なし、膠原病から腎臓悪くなるとの事、ステロイドは治療になるのでやって良かったと。T女医さん四月から多摩の日本医大に移られるとの事、とても良い先生だったので残念です。

―十四日（火）FM放送を聴いたりCDを聴く、ゆたんぽを入れて短歌新聞を読み返す。

山田さんから手紙届く、自身も家族の事で大変なのに、いつも気遣ってくれる。川又さんから短歌の手紙届く、早く原稿を送らなければ……。

—十五日（水）山田さんに電話する。介護の手つづきした方が良いと言うが、夫がいるのでどうも駄目なよう……。

—十六日（木）朝いちの尿を持ってくるようビンをもらう、糖尿、二ヶ月後の診療になる、検査結果良い、腎臓四月八日に決まる、小田原の愛子姉から電話あり寒川神社にお参りにいっしょに行こう……。

—十九日（日）米子姉の病院へ小田原の姉と見舞いに行く、余り話をしなくなってしまう……。日本画の友、徳永さん死去され（三月十日）家族葬をしたと娘さんから電話が入る。御主人を亡くされ一人暮らしをしていたので、日本画の友と徳永さんのお宅へ行き、よくお茶を飲んだり、おしゃべりをしたり、二人でコマ劇場に行った。コマ劇場は姑とよく行った、公演が後わると小田急デパートに寄って、お茶を飲み姑は疲れると「ここで待っているから店の中を見てくるように」と言ってくれた。私は洋服は父が買ってくれたし小田原の姉が作ってくれたので、目の保養のため、さらっと店内を巡った。買うのは姑の洋服、私が選んだので、姑の服を今、私が着ている。夫は「そんな古い物を着て」と嫌がるが品《しな》が良いので捨てられず、平気である。徳永さんはお母さんのような人だった。

—二十日（月）昭彦家族でお墓参りに来る、座間のお母さんがお寺のお掃除とお花を生けてくださる。夫にさつき短歌会の会費とお菓子を持っていってもらう。

—二十一日（火）FM放送を聴きながらターシャ・テューダーの『ターシャの楽しい生活』を読む、私はターシャのような生活をするのが夢であった……。小田急町田店で、ターシャの個展があった、早速行きターシャの世界を垣間見る事が出来た、ターシャが書き下ろした、〝生きていることを楽しんで〟〝ターシャの楽しい生活〟を購入して帰った。絵を描く喜び、子育てを楽しむ、鳥と遊ぶ、野生の花を愛でる、庭をつくる楽しみ、生きている事を楽しむ『植物の葉が風にゆれるのを見つめ、小鳥のさえずり、ハトの声、ハチの羽音に耳を傾けていると、この世界は、なんとすばらしいもので満ちているのでしょう、と思います』と最後に結んでいる。

―二十七日（月）隣の小沢さんの四十九日法要、一人なので歌舞伎「吉野川」見る、歌舞伎も楽しみで、着物を出して、前の日から準備をする、演舞場の時は、昼食はお寿司か亜門さんのお父さんの店かどちらかに行き、帰りはお茶を飲み、美術館へ行った。

―三十一日（金）夫に小田急に快気祝いを買いに行ってもらい、睦巳と待ち合わせをして、食事をしてくる。

―四月三日（月）本田さんから電話あり、虎ノ門病院の分室が川崎にあるのでネットで調べてもらうように……。

友達は病院を変えて、最後は、海老名総合病院にもどってきたのを見ているので私は変えない！

―八日（土）米子姉さんの見舞いに小田原の姉と三人で行く、桜の並木を通って、町田の病院へ行く、俊ちゃんの車は乗りごこちが良くて、姉といっしょに乗って帰りたい。色々と今日は話が出来た。

米子姉さんからは、毎日のように「迎えに来てほしい」と電話がかかってきた。そのたびに「分かった」……「俊ちゃんに聞いてネ」と言って、他の話をした。病院では、退院した方が良いと何回も話し合ったが、とうとう退院する事なく、大腸癌になってしまった。新築の時、姉の物は洋服箪笥にある物だけ残し処分してしまったので……。

—九日（月）「春のわが庭」

桜の花が満開になった。今年は寒暖の差が激しく、疎らに咲き始め、やっと咲いた。一年で一番華やいだ庭となった。身延の枝垂れ桜が次々と咲き、近所のおばあさんが、「これは良い種類だから」と言われ姑が桜の苗木をもらってきたので、いっしょに植えた。今は大きく育ち、道行く人を楽しませている、中には「写真を撮らせてほしい」と言ってくる人もいる。身延の桜は有沙ちゃんが産まれた時に座間のお母さん（ふる里身延）が三本植えていってくれた。近所の人達は身延で買ってきても、「育たない」と言われるが土地が気にいったせいか三本とも育った、その内一本は八重である。

蠟梅の花を先頭にアーモンドの花、石南、花蘇芳《ずおう》、木蓮が次々と咲く、窓を開けると、甘い香りが漂ってくる。

―十日（月）姉が逝く。七十三歳、あんなに帰りたいと言っていた家に、やっと帰ってきた。

義兄は、自分が設計した家にも入らず、旅行先の沖縄で平成十五年一月三十一日六十八歳で心筋梗塞で逝ってしまった……。姉は眠るように、穏やかな顔をしていたので、なにより安心をした。俊ちゃん、貴ちゃん、厚ちゃんは、途中から教育者のおばさんにそだてられたので、優しくて、働き者である。姉は教育熱心で、私の子供にまで学習帳を持ってきた。私はおばさんの世話で秦の家に嫁いできた。農家は駄目だと言うのに……。「何にもしなくても良い」と言う事で、いつの間にか決まっていた。姉は近くに嫁いでほしかったようである。それに父も早く安心をしたかったようである。姉はたばこ専売公社（秦野工場長）の秘書をしていた、そんな関係で義兄と結婚をした。三人目の厚ちゃんが産まれた時、赤ちゃんの体調が悪かったので、バスに乗って毎日、母乳を飲ませに行っていた。姑は体を壊さなければ良いのにと言っていた……。それから六年たった頃、大阪に転勤で住むようになり、三人の子供を育てるのに大変な様であった。「姉が変だ」と連絡があり、父と恭子を連れて、様子を見にいった。せっかく来たのだからと大阪万博の公園をみんなで見にいった。普通のように見えた。体調が悪いように感じなかった……。それから転勤でもどって来た。ある時、飼っていた犬のチャコを子供達が散歩に連れて行かないので大変だった様で他のもらいてがあったら連れていってほしいと保健所に連絡をしたら、連れていってくれた。みんなが帰ってきて、もどしてくるように言われ、保健所に電話をしたら、「もう処分してしまった」と言われ、姉は気をやんでしまい、物を毒が入っているからと言って、みかんしか食べなくなってしまった。父とみんなで相談して精神科の病院に入院する事になった。色々な事が思い出される。

—十五日（土）姉の通夜・湯灌に行く、通夜は皆の顔を見て帰る。

—十六日（日）葬儀だけ出席して、昭彦の車で送ってもらい帰る。

姉が逝っても涙が出ない……。何にもする気にならない、ああしてやれば良かった、こうしてやれば良かったと思うばかりである。短歌が出来ない。

—五月七日（日）昭彦が来週、母の日に来れないからと言って、カーネーションの鉢植えを持って来てくれた。今文章を整理していて涙が出てきて止まらない……。

—十五日（月）朝から机の上を整理する。畑の草むしり、枝切り、午後久し振りにさつき短歌会に行く。井上さんからセカンドオピニオンの話を聞く、国立相模原病院にしたと……。

—十七日（水）庭の草は手で取った方が良いと姑は芝生の草まで小さい時に眼鏡をかけて抜いていたが、夫は草刈り機で、花や木までも刈ってしまう、何回言っても駄目である。体操の友柳沼さんが、ふる里から送ってきたと言って長芋を新聞紙に包んで持って来てくれたので、早速とろろご飯にして食べた。漢方で薬用にもするそうです。夫はカラオケも好きで、酒は余り飲めないのに飲み会で、仲間の人が階段から落ち怪我をしたので、帰ってくるまで心配である。

―十九日（金）午前中スカートの裾上げとズボンを直す。同窓会、迷ったが一泊はまだ無理なので欠席にする。チューリップの土上げをする、座間のお母さんが植えていってくれたので畑の一角はチューリップ畑になる。

―二十日（土）寿司、そら豆、小かぶ、食パン一枚。夜、シクシクする、四時頃トイレに起きたら、腹痛と冷汗、便を出したら治った。

―二十一日（日）様子を見ながら食べる。

―二十二日（月）腸閉塞との事、入院をする、朝トイレに行き、吐きけ、便が出て治る、大丈夫のよう、レントゲン・CTその他、胃まで鼻からチューブを入れる。

—二十三日（火）レントゲン見て、完全に治っているとの事。チューブを取ってもらう。左手浮腫でパンパンになる、左手点滴がなかなか入らないので、右手にやり直してもらう。

—二十四日（水）昨夜インスリンを注射したら、胸があつくなり、喉も違和感ある。恐い夢を見る、朝になったら治った。朝から三分かゆ、牛乳、みそ汁、白菜、にんじんの炒め煮。

—二十五日（木）司馬遼太郎の事、編集者が語る『竜馬がゆく』神田の古本屋で竜馬についての本、トラック二台分読んで書き始めたとの事、すごいナと思う、レントゲン、午前中、点滴をする。血糖二百以下はインスリン無し。

—二十六日（金）今まで歩いていないので膝痛あり、看護師さんといっしょに歩いてトイレに行く。明日退院との事、病室満員との事、お隣さん鼾をかき眠れないので、深夜放送を聴く。

—二十七日（土）午前中に退院する。恭子が部屋を掃除してくれる。〝ドラム〟余計な事をしてと思ったが、昭彦の子供が叩いていたので良かった。ありがとう恭子。

—二十八日（日）姉の四十九日の法要、お寺だけに行く。小田原でだんご粉を持ってきてくれる。昼「かにしげ」に皆行ったが止める。近くのスーパー〝なかや〟に買物に行き、小沢さんと立ち話をしていたら十三時三十分になってしまう、食事をしていたら皆帰ってくる。H先生からセカンドオピニオンの件で話ある。俊ちゃんも来て話し合う。みんな心配してくれてありがたいが……。やらない！

—二十九日（月）早朝から本を読んでいたので眠くなったが夫が草刈りをし

ていて眠れない。ちず子さん仙台の（萩の月）を持って来て話していかれる。

夫、庭で飲み会、夕食はいらない。

―三十日（火）なかなか眠れなかったので深夜便を聴く、夫に眠れなかったので午前中眠ると言ったが夫は草刈りをする、いつもなかなかやらないのに……。

―六月一日（木）庭に出ると恭子に植えてもらった花も大きくなり蕾を持っていたのに、みんな刈ってしまった！　みつ葉もテッセンも都わすれもクリスマスローズも棒を立てて置いたのに……。大きな声で「またやってしまった、あんなに刈らないように言ったのにもう……！」夫は「人に聞こえる」と言う、「人に聞こえるように言ったんだよ、もう」……。「そんだけ言えれば元気になった証拠だ」と言う。

―六月三日（土）洋裁の準備をする。（ロングジレー）若い頃は、子供の洋服や姑の洋服も作ったものだが、今は余り作らない、布だけがまだ沢山残っている、風呂敷に包み押し入れの奥に仕舞いっぱなしになっている。短歌新聞を読み、ラジオ（ＦＭ）を聴きながら掃除をする。

―四日（日）四時から深夜便を聴く、午前中台所の掃除をする、シンクの中もきれいになったので気分も良い。午後ゴルフを夫と見る。

―五日（月）恭子来る、かな、洋裁。桐谷さん来る、少し話をする。野菜（じゃがいも、玉ねぎ）を夫が箱につめて自転車に付けてあげていた。

―六日（火）短歌の原田さんの事で鈴木さんから電話がある、鈴木さんも一人暮らしなのによく気が付かれる、短歌の時、夫が送迎をしてくれるので鈴木さんといっしょに行く、さつき短歌会の人は皆、良い人ばかりで悪口を聞いた事がない。夫がゴルフの練習に行ったので、山田さんに電話する、「腰痛でなかなか痛み取れず」との事、晴彦の部屋へ行き『竜馬がゆく』を持ってきて、読み始める。面白い……。晴彦は本好きで、こんなに読んだものだと感心する。厚木高校の時は、「竜馬に会いに行く」と言って、冬休み、自転車で出かけて行き、「風邪をひいた」と言って、自転車は送られてきて、電車で行った。サッカーやバンド（横浜スタジアムのホットウェーブに参加）をやっていて、誰かしら、友達がやって来ていた。いつでも食事が出来るように多めに作った。一週間位泊まって行く友もいた。大学の時は一人でインドに行くと言い、一ヶ月も行った。連絡がなかったので、大変心配をした。手紙は書いたがなかなか届かなかったと言う。一ヶ月たち、私が買物に行った時、擦れ違っても分からなかった。顔は髭を生やし色は黒く、別人のようであった。夏休みは、東南アジア、アメリカ、ヨーロッパなど友達と行き、学生時代を楽しんでいた。

―十日（土）病院、恭子が来てくれたので良かった。先生もよく説明して下さった。セカンドオピニオンはやらない事にする。水の量千〜千五百ml、ステロイド1ミリ減らす。洗濯、風呂掃除をする。

—十一日（日）ラジオを聴きながらノートの整理をする、小田原の姉から電話があり、浮腫良くなった事伝える。

—十二日（月）夫ゴルフなので『竜馬がゆく』読み、草だんごを作り、本田さんに持って行く、帰り、梅を沢山もらってくる、あじさいの赤をもらい挿し木にする。

—十三日（火）昨日の牛乳、ヨーグルト、草だんご、あん入り、食べすぎのよう。朝尿に泡が出る。食事に気を付けないと……。呼吸器科、レントゲン、初めての診察。

—十四日（水）梅ジャム作る、梅作りの準備、一日中梅作りしていたが体調は良い。シンクの下ゴキブリの糞あり全部出して掃除する、我が家の梅は枝を切ってしまったのでならなくなってしまう。

—十五日（木）左背中痛、少しやりすぎたよう……。コーラス七月から始める予定、川田先生に電話する（留守電に入れる）。

—十六日（金）朝から天気も良く、気分良く梅漬け。塩分無しの酢で作る、みそ梅。

—十七日（土）湘南高校文化祭だけ行く、体調がまだ良くないので……。三年後の六月十六日（日）に私は夫と行った。吹奏楽を待つ間、前の席にいた幼子にチョコンとタッチする、でんとした小学生と将棋さす孫は足指をもじもじさせていた。食堂でカレーライスを食べて帰ってきた。「皆きりっとした顔つきで、てきぱきとしていたネ」と夫に言ったら「あたりまえだ」と言われてしまった。

—十八日（日）朝右喉少し痛い、「醍醐の全国大会」にオークラフロンティアホテル海老名に夫に送ってもらい行く、「湯井松代様の講演会」を聴いて、美術協会の絵を見て帰る、泊まりはまだ無理なので……。

―二十一日（水）早朝から大粒の雨が窓を叩く、時折強風になる、座間のお母さん、とうもろこし、スイカ、信玄餅を持って来てくれる。

―二十三日（金）恭子が野菜、スイカ取りに来る。小田原へ手紙を書く、俊ちゃん電話が通じないので直しに来てくれるが、電気が通じていないよう、NTTに電話したら明日来てくれるとの事。

―二十四日（土）NTT直しに来てくれる。蟻がおしっこをして、回線がダメになったよう！　そんな事があるのかと驚いた。

―二十七日（火）醍醐厚木支社、病気後初めて参加する。お菓子を持って行く、楽しかった……。

―二十八日（水）恭子が掃除に来てくれる。日本画の道具を段ボールに入れて押し入れに仕舞ってくれる。

―七月十三日（木）コーラス久し振りに声を出す、楽しかった……。夫が送迎をしてくれる。

―十五日（土）かぼちゃの花付け、夜宮なのでおそばを神様と仏様に供える。

―十六日（日）諏訪神社のお祭、お赤飯を供える。孫は皆、部活があるので花火に来ると言う、何だか淋しい……。以前は親類が楽しみにして来たのに御輿を門で見るだけになってしまった……。

―八月五日（土）厚木の花火大会、庭でバーベキューをするのが恒例になっている。親類・息子の友達、結婚している友達は家族で楽しみにしている。座間の両親が中心になって焼いて下さる。恭子と大和のお母さん先に来て準備をして下さる、私は食べる専門である、近所の一人暮らしのおばさんもやって来る、もう顔なじみになっている、夫は「仕度が大変なんだ」と言いながら楽しそうである。それから夫が留守番をして皆は河原に花火を見に行く。私は病気をしてから俊ちゃんの家の屋上でみる。私は幼い頃から花火が大好きで、父や祖父と小田原の花火、熱海の花火に連れて行ってもらった。

—十日（木）コーラス段々と声が出る様になる、夫ゴルフなので根田さんに送ってもらう。

—十一日（金）午前中台所の掃除、夫、「施餓鬼」に寺に行く。今までは、私が近所の人達と行っていたが、夫にお願いするようになる。

—十二日（土）座間のお母さん、ぶどう、桃を持って来てくれる。寺・庭の掃除を手伝ってくれる。晴彦、庭の手入れをしてくれる。

—十三日（日）お盆の飾りつけをして、お寺にお参りに行き（門に箱の中に砂を入れ、線香立てを竹で作り、造花を入れて置く）、迎え火をたく。晴彦と夫が近所に線香を上げに行く。

この頃は棚経がなくなり、施餓鬼会だけになった。姉の新盆なのでお菓子を持って行く。今福家は浄光寺で西本願寺の末寺、お盆の飾りつけなどない、隣の小沢さんに新盆のお参りに行く。

—十四日（月）昭彦、孫三人を連れてお参りに来る、祐子ちゃん骨に影があるとの事、総合病院で検査との事、心配である……。

—十五日（火）送り火を出す。送り火はなるべく遅く出すように言われるが、段々早くなって、二十一時頃にはぼつぼつ始まる。線香を持って夫が回る。

—十六日（水）お盆さんの片付けをする。足に浮腫がくる、のんびりとする。

—十九日（土）赤いはん点が出る、足は浮腫、目はすっきりしない。昨日、レンジ・シンク・風呂掃除をしすぎたのかナ。

—二十日（日）大祐君は陸上部で、足の指をぶつけ腫れたとの事、明日四百メートル走で得意のレースのよう。

―二十一日（月）恭子が歌舞伎なので、夫が大祐君の病院に行く予定だったが自分で行くとの事、「留守番をしていた」と。打撲との事、安心をした。洗濯をしてササゲを干す。午後のんびり短歌を詠む。

―二十六日（土）朝オクラとモロヘイヤの枝切りをする、目から出血、力仕事はまだ無理のよう。

―二十七日（日）短歌当番なのでお菓子を買って早めに行く、帰り足が浮腫で大きくなったので大きめの靴を買う。夫に迎えに来てもらう。

―二十八日（月）野手さん来る。二人でのんびりする、夫帰りに送って行く。

―三十日（水）掛軸を直してもらう（狩野派の竹と鶏、金井島の高野山の掛軸）。身延の（お母さんの従兄弟）表具店に頼む。

―九月一日（金）小ホールでコーラスの合同練習をする。枝切りをする。口の中アンモニアの匂いする、足、浮腫。

―五日（火）朝から病院へ行く。肺のレントゲン・肺機能検査、変わりないとの事、糖尿、今まで通りインスリン、足底しびれる感じ、足から現れるとの事。

―六日（水）アズキかぼちゃ煮を作る。体操・下半身の浮腫とり、膝痛のストレッチをする。恭子中学のお話会に行く、（道徳の授業）小学校・地域のお話会ボランティアをしている。楽しいようです。かすみ草とチューリップを植える。

―九日（土）病院、変わりないとの事。コーラス市民音楽祭のリハーサル、皆で文化会館の入口でお弁当を食べる。夕食後、イチジクのシロップ煮を食べたくて、インスリン注射をしている間、ちょっと離れてしまったら、真っ黒に焦がしてしまう……。セスキで三回焦げを浮かせる、まだ残っているので銅タワシで擦る。

—十日（日）市民音楽祭。

—十二日（火）夫ゴルフなので早めに朝食。短歌、毎回間近にならないと詠まないので……又遅れる。

—十三日（水）一番で夫に速達で出してもらう（短歌）。「またか」と言われてしまう。

—十四日（木）座間のお母さん午後から来てもらい、押し入れの布団の整理とベランダの掃除をしてもらう。帰りに身延のおばあちゃんに、気持ちを持っていってもらう……。


身延のおばあちゃんは、寒くなると座間のお母さんが迎えに行き、暖かくなると身延に帰って行く。いつも笑顔で、何でも心得ていて、余計な事は言わない、かわいいおばあちゃんである。編物をよくしている。身延のおばあちゃんは働き者で、お寺さんに頼まれるとすぐ手伝いに行かれ、近所の人達からも慕われていて、帰ってくるのを待っている。年をとったら身延のおばあちゃんのようになりたいと思う。私の、周りには良い手本となる人が沢山おり、ありがたいと思う。しかしマイペースの私には、程遠いようである……。

―十六日（土）大型の台風が来るという事で、睦巳君の運動会火曜日になる。夕方、長男の妻、睦美さん来る。私が祖父と住んでいた岩原の小学校の教頭をしている。厚木に用事で来た帰り、時折寄っていく。大変忙しいらしい、体を壊さないように言う。色々と工夫をしているようで本人は余り苦にならないらしい……。

―十九日（火）睦巳君の運動会まだ無理と言って、連れて行ってもらえず、家でテレビを見る。口の中変、体重四十六・八キロまで減ってしまう。

―二十一日（木）お墓参りに行く。二階の掃除、もう埃だらけで驚く、ステレオ聴きながら整理をする。

―二十二日（金）恭子お墓参りに来る、野手さんから、ぶどう、黒酢入り飲み物もらう、夫、野菜を採って送って行く。

―二十三日（土）米子姉さんの墓参り、小田原の姉と俊ちゃんの車で皆で行く。

―二十四（日）醍醐厚木支社、お菓子を差し入れする。帰り夫と買物をして帰る。夫の髪を午前中切る。

―二十五（月）朝、野菜を採りに行き蚊に刺される、どうも蚊に刺される体質らしい。夫ゴルフなのでのんびりする。恭子来る。

―二十六日（火）朝痰が出る、胸がぜいぜいする。ダスキン交換に来る。早く寝たら、夜中目が覚める。深夜便を聞く。

―二十八日（木）コーラス、午後のんびりする。夕方、なかやに買物に行く。

重たくなってしまった。椅子付きのカートを晴彦に頼む。

―二十九日（金）胸がぜいぜいするので十八時まで深呼吸をしたり、ＣＤ聴きながら横になる。俊ちゃん、取引先の東北からさんまを送ってもらったので持って来てくれる。運動会に持って行く小さいマットをウェットスーツの残りで作ってもらう。

―三十日（土）座間の小学校の運動会、敬老席で夫と見る。有沙ちゃん、騎馬戦に出ていた小さい頃、吃音があったので心配したが、上手に話せて安心した。孫三人、リレーの選手になる、皆元気で楽しみである。昼はお父さんや祐子ちゃんが作った、美味のお弁当を食べる、私は果物とお菓子を持っていく。役員をやっていて、忙しそうなので昭彦の家に寄らずに帰る。

―十月二日（月）～三日（火）疲れたので横になる。頭少し痛く、お腹ごろごろする。ゆっくりする。

—四日（水）十五夜、恭子来る、いつもの様に盆にくだもの、飾り付ける、おだんごを作る。体操をしていたら寝てしまう。収穫した里芋、野菜そしてご飯、里芋と豆腐の入ったみそ汁、すすきは夫が河原に取りに行き飾る（茎箸を使る）。廊下で月見をする、母やふる里を思い出す。「来年の月はもう見られない」と母は涙した……。

—八日（日）大祐の運動会、夫だけ行く。まだすぐ疲れる。少し咳が出て、右目が霞む。

—九日（日）午前中胸が痛くて昼まで横になる。三日間Nコンを聴く。

—十日（火）神崎さん音楽会のチケット持ってくる、足の裏痺れる。

—十一日（水）午前中短歌、ベッドで短歌新聞を読む、夕方野菜を採りに行き、蚊に顔を刺される。足が随分弱くなってしまった……。

—十二日（木）コーラス、携帯電話忘れたので根田さんに送ってもらう。夫と入れ違いになってしまう、昼食を一緒にする。右目霞む、頭ボーッとする。

―十三日（金）左目も霞む、本田さんから「早く眼科に行く様に」と電話ある（五十五分）野手さん音楽会のチケット持ってくる。

―十四日（土）腎臓内科の前に、当日受け付けで眼科を受診する。右目リンデロン薬一日、四回付ける様に。安心したのか頭のふらつき大分良くなる。

―十五日（日）一日雨が降り寒い日である、のんびりとする。この頃、昼寝をするようになる。明日の吟行（江ノ島水族館）雨で寒いとの事、欠席の電話をする。恭子行くなら一緒に行っても良いと言う……。

―十六日（月）朝起きたら寒かったので、行かないで良かった。台所の掃除・冬セーターを出す。本田さんに電話する（一時間）また長電話する。色々と病気の事教えてもらう。教育者だったので、話をしても、何をやっても器用だと今福のおばさんは言う、書、絵、手芸など見せてもらったり、いただいたりした。美術館や旅行など一緒によく行った。おばさんの実家の姪なので互いに気心を知れた間柄で楽しかった。暖房を初めて点ける。

—十七日（火）朝左胸痛、さすっていると治る。夕方雨が止んだので畑に行くと蚊がまだいたので野菜だけ採ってくる。少しとばして書くようにする。

毎日の事が要点だけしか書いていないのによく分かり、懐かしく思う……。

—二十三日（月）昨日の台風のため、柿、カリンの落ちた物を拾い、カリンの蜂蜜漬けを作る、倒れた野菜を直す。

—三十日（月）夫と恭子、昭和女子大にブラスバンドのコンクールを聴きに行く。

—十一月一日（水）糖尿は安定しているので、今まで通りの生活をするようにとの事。十三夜、お団子を作り、十五夜の時と同じようなお供えをする。

—三日（金）市民文化・スポーツ賞・ミニコンサート（昭和音大）聴く。押し入れの整理、口の中アンモニアの匂いする。

—五日（日）目が霞む。建具屋のおばさん、まきちゃんの娘、結婚のお返し持ってくる。座布団干し、整理する。

—十三日（月）夫と晴彦はゴルフに行く、座間のお母さんマクドナルドのハンバーガーとパンジー、菊を植えて行ってくれるので、毎年庭は花でいっぱいになる。好章ちゃん、唯沙ちゃんもいっしょに植えてくれる。

—二十六日（日）短歌厚木支社の忘年会〝千の庭〟参加者七名、段々人数が減ってしまう、楽しかった、……。

—二十七日（月）私の七十歳の誕生日、夫と晴彦はゴルフなのでのんびりする。

—二十八日（火）恭子来る、赤飯を炊いて祝う。

—十二月二日（土）歌仲間の「コール愛」のコンサートを聴きに行く、ステキな衣装で皆、輝いている。私達「詩音」はシンプルな衣装で、白のブラウス・黒のスカート、手作りのコサージュ、色々と変化を付けて楽しんでいる。ある時は、自由な衣装で唱う時もある。

先生の子息が藝大に入学したので、催しに誘って下さる、今まで上野に絵画を見に行った時など、近寄りがたかったが藝大祭に行った時は夢のようであった。先生が校舎の前に立っていらして、合唱の整理券を頂き、うれしかった、あの時の光景が脳裏に焼き付いている。そして校内をみて回りパンフレットをもらってきた。

—十五日（金）浜田さん、シクラメンとキンピラを沢山作って持ってきてくれる。毎年、長男の友のお母さんで「美味」と言ったら下さる。夫は「いいのに」と言うが、ありがたく頂く。この頃は布で、干支の置物を作って持ってきてくれる。玄関に飾って置いたら、訪れる人が上手ネと言う、又そこで話が広がって行く……。

―十九日（火）掛軸出来上がってくる。随分安くやってもらう、何だか違ったよう……。

―二十一日（木）コーラス懇親会（パスタ屋さん）人数が多いので会場を決めるのに大変の様であった。内山さんに車に乗せてもらう、プリンやパスタ食べても血糖値上がらなかった。楽しかった。

―二十三日（土）睦美さん来る、クリスマスプレゼントに鞄とケーキを持ってきてくれる、久し振りのケーキ美味かった。

―二十九日（金）座間のご両親と好章ちゃん庭の掃除に来て下さる。昼食とねぎをもらう。毎年、山の様に落葉を集めて下さる。私は豚汁を鍋に沢山作る。後は座間の両親にお願いする。庭で皆で食べるのが楽しみである。昭彦と好章ちゃんは雨樋の掃除をしてくれる。本当にありがたい。

―三十日（土）俊ちゃん様子を見に来る、本田さんに電話する、一年間の様子や来年も頑張ろうネと……。午後十四時半頃お寺へ行く、掃除して正月用の花を供える。夫と一緒に。

―二十一日（日）明日は私だけ新年の挨拶に行く予定である。神様、お稲荷様、仏様、五ヶ所に年越し蕎麦を供える、着物を出して吊す、それからおせちの準備、花生け、病後の一年の私の生活と思い出を筆のすすむままに書き記す。

ある日突然Ⅱ

平成三十年一月から簡単に手帳をまとめる。

―一日（月）新年の挨拶にお寺へ行く予定であったが疲れたので失礼をする。ニューイヤーコンサートを聴く。

―二日（火）午後からお年始の料理を作る、今年も子供達と孫だけにする。

―三日（水）夫が皆にお年玉を渡す。「もうそろそろ子供達には止めにしよう」と言いながら、止められない。夫は気分が良いようである……。

―四日（水）野手さん、ゆべしとくだものを持ってやって来る。昼を一緒に食べて、夫が送って行く。

―五日（木）眼科の先生に以前の診察の時「自分の家族だったら目に注射を

させます」と言われたので、大変迷ったが〝トリアムシノロンテノン〟の注射をする。痛くもなく心配をするほどでなかった。

—六日（土）大分よく見えるようになる。

—八日（月）夫達は家族ゴルフに出かけて行ったので、のんびりテレビを見たり短歌を詠む。

—十二日（金）眼科「大変良くなった」との事、目薬終わりまで使う様に！

—十三日（土）腎臓のエコーと心電図、大丈夫との事、値も良い。正月から病院通い、値が良いのでまあまあにしておこう。読みかけの『竜馬がゆく』を読み始める。いつになったら全巻読み終わるだろう……。

—十七日（水）糖尿科、待ち時間に『竜馬がゆく』読む、値良いとの事。安心して帰ってきたら小田原の姉から電話があり、体調が良くないらしい……。

—二十日（土）俊ちゃんが「金井島に墓参りに行ってきた」とスマホでふる

里の風景を見せてくれた。姉から電話あり、ふる里の管理が大変になってきたようである。色々と言ってくるが好きな様に言う……。開成駅が出来てから、山北間のバスが乗る人が少なくなり廃止され、不便になってしまった。義兄も歳なので小田原から金井島まで通って、野菜や花・家の管理が大変のようである。田は近所の人に頼んで作ってもらっているが、自動車を運転するのも段々と不安になってきているらしい……。

―二十二日（月）雪が降ってきた、四十五年振りの寒さ。のんびりと本を読んだり雪が舞うのをじっと眺めたりしている。

―三十一日（水）カリンを蜂蜜を入れて煮る、新聞の切り抜きの整理をする、皆既月食、二十時四十五分～二十二時三十分まで双眼鏡で時折、観察をする。

中学時代は理科部だったので、先生に星座・植物採集・蝶など教えてもらった、夏休みは、酒匂川の水質検査と植物、井上義光先生と男子が自転車に乗って、水と花を集めてくる、女性が教室で検査をする、私達は塩分の含量を検査、先輩達は色々の検査をしていた。結果、読売化学賞を受け、先生が祝いに渋谷の天文博物館五島プラネタリウムに連れていって下さった。高校時代は生物部で箱根や真鶴半島に先生と胴乱を持って行った、夏休みになると高山植物の調査や尾瀬沼のプランクトン、八ヶ岳、奥秩父、箱根の山々、芦ノ湖の側の郵便局長さんの別荘で合宿をし、箱根の調査をする、先生の仲間の人達も来て調査に行く、私は食事の仕度を手伝った。

―二月九日（金）恭子来る。夫スマホの講座受けに行く、胃の調子余り良くない、オリンピック開会式前半だけ見る。

―十日（土）腎臓内科、横ばいとの事、ステロイド毎月一ずつ減り二になる。厚ちゃんに会う、俊ちゃん捻挫をしたよう……。午後心の時代を見る。

―十一日（日）夫稲荷講に行く、天気が良いので畑でおしゃべりをする、小田原から電話あり色々と言ってくる。

―十三日（火）庭の掃除をしていたら夫の徒妹、喜ちゃん石榴《ざくろ》酢持って来てくれる。これから健康診断に行くとの事、時折来て話して行く……。

―十六日（金）オリンピック羽生選手のフィギュア見る、努力をしなければ、あんなにすばらしい演技は出来ないでしょう……。食欲ない。お腹の調子余り良くない。

―十八日（日）短歌、厚木支社、胃の調子余り良くない、夕食にバナナとおかゆを食べる、少し良くなる、アイススケート五百メートル・女子小平選手を見る。

―十九日（月）夫ゴルフ、さつき短歌会に行く、武田引之先生三月にお辞めになり、墨さんにバトンタッチするとの事、皆突然な事で驚く。私も体調が良くないので卒業をする。

—二十二日（木）コーラス、歌っている間はお腹の痛み気にならない……。終わるとやはり気になる。

—三月一日（木）痰に血が混じりコーラスの後、病院へ行く。喉も鼻もきれいとの事。雛人形を飾る。

—三日（土）県歌人会詠草を提出する、雛祭りの仕度をする。睦美さん桜も ち持ってくる。

—五日（月）椎さんの歌集の感想と気持ちを送る、フットボールを見て畑の草むしり、寒くなったのですぐ部屋に入る。

—六日（火）朝、姑の実家の学ちゃんが死亡との連絡ある、私よりずっと若いのに膵臓癌であったとの事。

—十日（土）腎臓の値悪くなっているとの事、血管炎の方は落ち着いている。血糖のコントロールをする様に……。貧血の注射をする。本田さんから電話あり体調どうかと……。

―十二日（月）雛人形を仕舞う。鶯が上手に鳴くようになった。朝が薄すらと明けてくると私の寝ている前の木の茂みの中から、「朝だよ、起きろ起きろ」と鳴いているようである。日毎に鳴く時間が早くなり五時半頃から鳴き始める、私も早起きになった……。畑に行くと裏に行って鳴いている、昼頃になると静かになるが遠くから時折鳴き声が聞こえてくる、夕方になると又前の木の茂みから鳴き出す、どの木かは、はっきりしないが塒《ねぐら》にしているようである。隣の猫も庭をのんびり歩く。

―十三日（火）右肩痛で眠れなかった、左手で食事の仕度をする。右足まで痛くなる。昨日、クレマチスの鉢を動かしたからかナ。

―十四日（水）何も出来ない。夫に全部やってもらう。

―十五日（木）整形で注射と痛み止めの薬もらう。

—十九日（月）さつき短歌会、武田先生退会、本当にすばらしい先生でした。残念です……。

—二十日（火）糖尿科、血糖低いのでインスリンの量を減らすとの事、六・六・四単位になる。

—二十三日（金）お墓参りに行く。

—二十五日（日）座間の両親、サンドイッチと寿司を持ってお墓参りに来る。恭子家族皆お墓参りに来る。

　桜、アーモンド・その他の花々が満開となる。

—二十九日（木）整形の先生に注意される。昨日、痛み止め夜、飲み忘れ朝方痛くて目が覚める。お風呂に入ってマッサージすると痛い、「痛くなったら止めなさい」湿布薬は「自分で決めなさい」との事、湿布薬はアレルギーがあるので、長い間貼るとゼーゼーする。手を上げるだけでも良い！

—三十日（金）眼科、腫れは引いたが視力が弱くなったと言われる。

—三十一日（土）台所、洗面所、黒かびが生えてしまったので磨く。少し痛かったが肩どころでない……。

—四月一日（日）米子姉の一周忌、小田原で団子粉とおしんこを持ってきてくれる。着物を着ていたのでお茶も入れてあげなかった……。義兄の妹和子ちゃんに久し振りに会う、弟の稔さん・夫と同級で東京大学でのエリートだったが、とても気さくな人だった。香川県の丸亀に住んでいて、仕事で帰ってこられると、お土産を持ってきて、夫と話をしていかれた。友達も皆待っていた。そんなある日、「体調が悪いらしい」と聞き心配していたら、癌で逝かれたと聞き、驚いた。

—三日（火）近所の人達が桜を見に来る、有沙ちゃん、ダンス盛んな百合丘高校に行く。幼い頃からチアダンスを習っていてチアの大会や孫のチアの応援に行き、アメリカンフットボールに夢中になってしまった事を思い出す。

―十三日（金）朝から肩が痛い、足が浮腫んで食欲がなくなる。

―十四日（土）病院、貧血で腎臓余り良くないとの事。二週間後に様子を見るとの事。

―二十八日（土）睦美さん来る。柏餅と母の日のプレゼントにスカーフを持って来てくれた。

―五月一日（火）恭子来る、五月の節句の鎧兜と大祐の五月人形だけ飾ってもらう。病院、腎臓悪くなっているとの事、血管炎の方も悪い。ステロイド3に増える、透析の事考える様にとの事。

―四日（金）自分の気持ちは透析をやらないと決めているから……。夫に言う、小田原の姉から絶対やらなければいけないと、母の事を言い出し諭される……。

―六日（日）昭彦・祐子ちゃん・唯沙ちゃん来る。母の日のプレゼント、帽子を持って来てくれる。透折の事話す。二人とも「透折する様」言う、「友達の親やっている」と祐子ちゃん言う。

―七日（月）夫カラオケに行って珍しくお酒を飲んでくる、短歌詠む。

―八日（火）小田原の姉、悦ちゃん、恭子来る、透折をする様に……。恭子が「私のために生きて」と涙する。晴彦は「透折するのは自然でしょう」と言う。

―九日（水）体操の友、小沢さん、石田さん体操の帰り、トラの尾と観葉植物の二種持って来てくれる。短歌をやらなければいけないので又ゆっくり来てもらう……。

―十日（木）短歌提出。夫鉢に植えてもらう、なかなか眠れない。水引会（短歌）の夢を見る。「お世話になった」と皆に挨拶をしている。志のぶ先生は私が最後の弟子でした。

―十一日（金）恭子、晴彦、来る、迷ったが透折決める……。

―十二日（土）病院、透折の準備をする、手術二十四日（木）～二十六日（土）と決まる。

―十三日（日）足の浮腫強い、今朝もなかなか起きれない……。

―十四日（月）大島さんのおばあちゃん（斜め前の家）とても優しく、千切り絵が上手でよく見せてもらった、姑と私が気にいった梅の木の千切り絵をもらった。姑と同じ戦争未亡人でとても仲良しであった。お風呂で溺れて、一生懸命助ける夢を見る。胸息苦しい、こんな夢ばかり見る。おばさんが危篤の時にお見舞いに行ったら、急に気が付き、「美枝子さんの父がそこに来ている」と天井を見て言い、「ありがとう」と言われたのには、驚いた……。父は何も言わずに交通事故で逝ったので、おばさんが代わりに伝えてくれたのだと思った……。

―十五日（火）晴彦に手押し椅子付きカートを注文してもらう、夫、清水さんからたん白質塩分調節のパンフレットを借りてきて注文してくれる。

―十六日（水）恭子と寒川神社に行く予定であったが明日コーラスに行きたいので止めにする。

―十七日（木）コーラス歌えた。先生に病気の事話す、銀行へ行き小遣い分下ろす、夫が退職してから、お金は全部任せる事にした。気が楽になった……。相続のお金も夫が管理してくれている、姉と松田のおばが色々相談してやった。私の名義に父がしてくれたが姑は「家からもらわないよう」に……。


姉夫婦には大変世話になったし……。伯母に相談したら呉れると言うんだから貰っておくように言うのでもらった。伯母達も貰った、父が恭子にあとを継がせたかったので……。恭子にあげる事にしている。

—十八日（金）息苦しい、体だるい、深呼吸をする、朝俳句見る。義兄、二席になっていた。ＮＨＫの俳句王国の常連である。

—十九日（土）俊ちゃん、梨乃ちゃん来る。子供の日のプレゼントにお小遣いを大稀くん、梨乃ちゃんに、姉の代わりと思って渡す。

—二十二日（火）恭子、晴彦来る。

—二十三日（水）病院の準備をする。

—二十四日（木）「内シャント告設術のため入院」シャント準備をする、左手血管細いので右手に作る事に決まる。Ｋ女医さん、「右手で大丈夫」と言われる。

—二十五日（金）Ｈ先生と若手の医師手術十五時五十分～十六時三十分まで。無影灯に映る吾が手の細い事、シャント手術をこわごわ覗く。若手の医師、手術、「K女医さんの仕方を初めて知った」と言いながら始める。「見ていられたら上手にやらないとネ」と言う。途中K女医さんの声がした。ホッとした。大変上手な様である。

—二十六日（土）帰る時、昼食の後、気持ち悪くなる。

—二十七日（日）恭子来る、右手にシャントを作ったので字や絵が描けなくなるか心配になる……。血管がおちつくまで待つ。

—六月八日（金）眼科、恭子来る。腹・足腫浮。

—九日（土）昭彦・祐子ちゃん・唯沙ちゃん来る。夫カラオケに行く。

—十日（日）台所、その他の整理、晴彦来る。入院の仕度をする。

—十一日（月）入院、眼科を受診してから。

—十二日（火）初めての透折なので朝息苦しくなってしまう。いつもの様に喉がつまる様になる。十時～十三時まで麻酔のスプレーをして始めた。昨日寝不足だったので、眠ってしまった。意外と早く終わった。なるべく少ない飲水五百~八百cc。食事で二百cc、たん白質七・四g、塩分六g。一日三回、手首をザワザワしているか見る。シャントの右手で重い物を持たない（押さない）絵や筆使用しても良い。透折後は静かにしている、後は普通で良い。その日の体調で考える、◯水分は気を付ける（摂りすぎない）一日六百cc位にする。◯ご飯はきちんと食べる、体力が付くので。透折のない日は普通で良い。透折後の止めシールは二十四時間置く。はがす時はかさぶたを取らないように丁寧にはがす。取れてしまったら消毒をし血が止まるまで押さえる。

—十三日（水）恭子、子宮筋腫の手術七月に決めたとの事、今まで我慢してきたが大きくなりすぎたとの事。

—十四日（木）透折九時~十三時まで騒ぐ老人がいて、ちょっと考えさせられた。H先生が来て気を紛らわすように話して下さる。夫、市に提出する書類の説明を十九日にするとの事。

―十五日（金）三回目の透析十三時～十六時三十分、村上さんから色々な注意を聞く。透折の針上手に刺す。

―十六日（土）朝方息苦しくなる。H先生夜無呼吸になる事があるかもしれないとの事、首の両側が痛くなる。

―十七日（日）朝四時目が覚める、ラジオ体操、ストレッチする、一日のリズムを整える様にする。昼寝をする、晴彦来る。

―十八日（月）透折針が上手にいかず、刺し直す。血が止まらず驚く、色々な事があるんだナと思った。自然に涙が出てきた。一時間位止まらなかった。夜なかなか眠れず、いやな夢を見る。

―十九日（火）食事指導、なす水にさらして炒める、りんご煮る、水に晒す、白米・白いパン・スープは残す、先に切ってから水に晒す、くだもの、その他のカリウム表をもらう。缶詰めパイン・桃一切・普通の牛乳はくだものと一緒に取らない。トマト種を取って四分の一、ミニトマトそのまま種を取る、餡皮はダメ・えごま油・オリーブオイル・マヨネーズ・刺身だこ・トロ四切・桜えび・鶏唐揚げ二個……。

ご飯を食べられなくなり、好きなくだものばかり食べていたので、どんどん悪化してしまった。もっと気を付ければ良かったと思う。透折を決めた事で〝生きよう〟と言う気持ちになれた……。皆の成長を楽しみに、そして感謝の気持ちを忘れないようにする……。

H先生から「健康な人と違うので、もっとわがままに生きる様」に言われる。先生方は今里にはG先生がいられるので安心と……。そして先生の言われる事をよく聞く様にと。

―二十一日（木）、今里クリニックに夫と恭子と一緒に行く。色々と説明を受ける、透折日を決めるのに夫が「病院の言われるように、体の事を一番に考える様に」言う。私はコーラスに行きたいので、コーラスのない日に決める。

—二十六日（火）退院、同室の宮本さん、渕上さんにお礼を言い、握手をして帰る、帰りに、楊枝入れ、髪飾り、千代紙を頂く。看護師さん達が送って下さった。退院するのが一寸残念である。

—二十七日（水）初めて今里クリニックの透折に行く。八時十分頃送迎バスが来る、田園風景の広がる道を、大山丹沢連山、彼方に箱根連山、富士山を眺める、そして途中には公園があり河津桜、藤棚など四季折々の花が咲く。学生や通勤する人達とすれ違う一時の楽しみである。何ヶ所かに立ち寄って病院に入る。ロビーには熱帯魚、黒メダカが迎えてくれる。透折室に入り受付で体温を測り、パジャマに着替えて、体重を量り窓ぎわのベッドに入る。

ダイアライザーと呼ばれる透折器を通して、血液中の老廃物や不要な水分は透折液に移り、逆に透折液中のカルシウムや重炭酸など、体に心要な成分が血液中に移り、透折を受けた血液が再び体内に戻る、ありがたい器械である。

しばらくすると看護師さんが来て血圧を測り透折の準備をする、臨床工学技士の美男の方が来て、腕に二ヶ所「ちょっとちくりとしますョ」と言って針を刺して、動かない様にテープで留めていく。そして看護師さんが来て二人で呼び合って点検をしていく。そして「今日も宜しく」と言って、次の患者さんのところに行かれる。

G先生の診察、今まで良かった体重、足の浮腫を見て、一週間で一kg水をゆっくり抜くとの事。さあ四時間の私の自由な時を考える。今までの様にテレビを見たり、本を読んだり、暗譜をしたり。そうだ！　稽古に来ているんだと思う事にする……。服装も今まで通りにする。ああお腹が空いた……。

着替えをして昼食後、十四時の送迎バスの時間まで雑談をして帰る。時折血が止まらず遅くなる時は、夫に電話して迎えに来てもらうか夫が都合が悪い時は、海老名市福祉タクシー券があるのでタクシーで帰る。当日は横になるか静かにしている。

今透折をして五年になるが友が次々と逝き、思い出を沢山残していってくれた……。私は歯の治療が終わらないと骨の治療が出来ず、薬や他の影響もあり、骨粗しょう症になって、ちょっとトイレに行き、下を向いただけでポキンと骨折をしてしまい、腰、胸両方痛み、どうにもこうにもしょうがない。胸から腰までのコルセットを作り、ロボットの様である。車椅子の生活をくり返し、身長も10㎝位低くなってしまった。でも何にも出来なかった夫が一生懸命に家事、介護をやってくれ、姑の姪の美代子さんが、庭の手入れをしてくれ、座間のお母さんが何でも頼むとやってくれたので助かっている。恭子も体調が余り良くないのに都合を付けて掃除やら草むしりをやってくれる。そして俊ちゃん、玲子さんにはいつも気を遣ってもらい、皆に感謝の気持ちでいっぱいになる……。ありがとう。

世界のあちこちで紛争やら戦争が起きている、飢餓に苦しむ子供、自然災害、まだまだコロナ感染症には気を付けなければいけない。身内にコロナ、ワクチン注射をし三日後に亡くなられた方や、今コロナで肺炎を起こして苦しんでいる。早く、良い薬が出来るよう願っている。そして一日も早い回復と、平和が来ますように願っております。

透折になるまでの様子を書きました。余りにも長くなりますので、この続きは又いつの日かお便り致します。あなた様もくれぐれお体を大切になさって下さい。

追伸

今年は年賀状があなた様から届かなかったので、どうかなさったのかと心配しておりました。心臓が悪いとお聞きしておりましたが、電話を致しましたら、倒れ、救急車で運ばれ、心臓にペースメーカーを入れたとの事……。まずは五年は大丈夫と言われたので少し安心をしました。

私も骨の治療テリボン注射百四回をあと一回で終了です。初めは夫に付き添ってもらったが、整形の皆様が気を遣って下さり、苦にならなかった。骨も大分良くなりました。待つ間も、患者さんと話をして楽しかった。

短歌の当番の時、体調が悪いので、夫にお茶菓子を届けてもらったら、帰り「胸が締め付けられ、何か横になりたいような気分になった、今は何でもない」と言った。そして令和元年十二月二日、私が心電図の検査の時、夫もついでに診察してもらった。心電図の途中「終了したら救急センターに来て下さい」との事。
神妙な顔をして夫がベッドに横たわっていた「心筋梗塞です、すぐサインして下さい」と言われ、息子が来ますから……。「そんな余裕ありません」すぐサインする。しばらくして血管が「髪の毛一本の細さでした」と言われ、適切な医師の判断で、命拾いを致しました。ありがとうございました。孫の成長を楽しみに、互いにもう少し生きましょうネ……。

敬具

令和五年五月三十一日

秦美枝子

あなた様

龍峰寺のご開帳

鎌倉の建長寺派の龍峰寺は、室町時代初期に創建された。元々は現在の海老名中学校付近にあった。昭和四年、清水《せいすい》寺の遺構を受け継ぎ、海老名市国分北に移った。本尊は、木造釈迦如来像で江戸時代に造像されたものと考えられている。本尊脇侍の迦葉《かしょう》・阿難《あなん》尊者立像・龍峰寺の開山・開基圓光大照禅師の木像など安置されている。そして旧清水寺の千手観音立像が年二度・元旦と三月十七日にご開帳される。

龍峰寺の千手観音立像ご開帳に、ナビを辿って夫と行った。寺はすぐ上に見えているのに、駐車場が分からないので「ここで待っている」と言う。アスレチック場の急坂を御囃子の音を便りに登って行くと、市指定重要文化財の仁王門と仁王像がある。右が阿形像・左が吽形像で両像ともに、非常に整った容姿で飛びぬけてすぐれている作と言われている。そこを通り抜けると、三ツ又や寒桜がみごとに咲いている。境内は催しで賑わっていた。

本堂に入ると収蔵庫に納められていた、旧清水寺《せいすい》の本尊・秘仏の国指定の重要文化財、木造千手観音立像があり、手を合わせじっと見つめた。体調を崩した後だったので「大丈夫です、見守っています」と言われているようであった。カヤ材の一本造りで彫りや天衣の表現に、平安時代的な特徴が見られるが、顔つきの写実的表現や玉眼のはめ込みは、鎌倉時代の技法であることから、鎌倉時代末期に補修もしくは、古い像にならい再興されたものと考えられている。脇手の一組を頭上で組み掌の上に阿弥陀如来の化仏を頂く、美しい仏様である

しばらく中央の椅子に座って見廻すと、大きな絵馬が掛けられている。市

指定重要文化財の歌川国経筆の「石川五右衛門寝所に乱入図」があった。彩色は薄くなっていたが、躍動感に溢れていた。他にも沢山の絵馬が掛けられている。もう少し見たかったが夫が下で待っているので早めに出た。

夫が境内をきょろきょろしながら歩いている。探しに来たようである。急いで呼び止めたが分からない、大きな声で「すみません、帰って行く人を呼び止めて下さい」と係の人にお願いした。気が付きほっとした。夫は余り仏像には、興味がない様である。帰りは夫に摑まり後ろ向きになって急坂を下りた。そして、相模国分寺跡を通り家路に就いた。龍峰寺のご開帳に行き、心が満たされた一時であった。

参考 （海老名歴史さんぽ）

母の履歴書

本棚の上に埃塗れになっていた、母の履歴書を久し振りに開いた。父が蔵に入り淋しさに堪え切れず、書いたものだと思っている。表紙は厚めの紙で茶色に変色している。半紙を細長く半分に折り、毛筆で書かれた母の履歴書である。

母は大正六年一月八日、米国カリフォルニア州フレスノに、父湯山菊之助、母ヤスの長女として生まれた。大正七年十月、米国で発生した、流行性感冒(スペイン風邪)にかかり実母は亡くなった。母は治り、大正八年一月途方に暮れた実父と共に帰国した。船中は皆から可愛がられ、ぐずる事はなかった。

　実父の生家、足柄上郡岡本村岩原の湯山米告宅に同居した。実父が再婚して米国に渡る事になり上郡福沢村墟下《ましたまま》（実父の姉）杉山銀次郎宅で女の子を育てたいとの事で、養育を受けた。幼少の頃は分からないと書いてある。大正十二年四月足柄上郡福沢村立福沢尋常高等小学校に入学。大正十四年学業の傍ら農繁期には、勝手仕事の手助けをする。昭和三年学業の傍ら農業の手助けをする。昭和六年三月福沢尋常高等小学校卒業。昭和六年四月、足柄村立足柄実科高等女学校に入学。お祝いに杉山家より時計を買ってもらう。学校で富士登山に行く時、健康診断で「心臓が悪い」と言われ断念した。多分、スペイン風邪にかかった時の後遺症だと思う。そんな母が、陸上の選手だった事は聞いてはいたが、バレーボールの選手だった事は初めて知った。昭和九年修学旅行に、関西（奈良・京都・大坂）に小遣い二十円をもらって行く。昭和九年足柄実科高等女学校を卒業。

実母の十七回忌の供養に実父が帰国した折に、昭和十年二月母もカリフォルニア州フレスノに渡った。ブドウ園の手助けをしたり、人夫の食事の支度をして、継母と実父の息子四人の七人で暮らした。

昭和十一年カリフォルニア州にある、婦人子供服洋裁学校に入学する。休みの日は皆で遊びに行った。ジェットコースターに乗り怖がった話を祖父からよく聞かされた。昭和十三年に卒業した。卒業写真は凛として美しかった。

昭和十四年四月米国で結婚の話があったが、文通をしていた従兄弟（湯山龍祐氏）と結婚の目的をもち、弟政治、喜代治を連れて再び日本に帰ってきた。杉山家でしばらく暮らした。弟達を福沢村立福沢尋常高等小学校に入学させる。家庭の事情あり、杉山家の了解の上、昭和十四年七月叔父熊沢泰助の労により小田原幸町の旧町名茶畑渡辺方に移転し兄弟三人で住む。弟二人は小田原市立第一小学校に入学。十二月小田原市マルク洋服店に洋裁仕立女店員となり通勤した。湯山龍祐氏が訪ねてきて、小田原の浜辺で婚約破棄の申し込みをされ受ける。

昭和十五年七月二十日、弟二人を米国の実父の許に帰すため、横浜港発の船にて龍祐氏と共に見送る。

その頃父が家業の質店の修業でマルク質店にいた。母がアイロンの修理の依頼に行き、父が一目惚れをしたらしい。十一月マルク洋服店の高井作次郎氏に結婚の承認を得る。叔父熊沢泰助立ち会いの下にマルク洋服店主、高井家の養女として高井家に住み込み女中見習い旁ら洋裁部の仕立仕事をする。

昭和十六年一月マルクを辞め、二月に鶴見商事会社の新橋出張店（カラス森神社横）に住む。母が父を説得し、マルク高井作次郎、遠藤好右衛門の労に依り、上郡酒田村金井島（遠藤家）にて結婚式を挙げる。遠藤家は「糸や」をしており、女工さんが織物をしていたが、時代の流れで衰退していった。隣が質屋だったので、後を継ぎ、隣は病院となった。

父は東部入部隊（麻布三連隊）に出征する。十六年八月二十三日姉（愛子）が養家杉山家にて生まれる。

十二月八日大東亜戦争が始まる。父は満州に出征する。慶応三年生まれの祖母、両親、姉妹、弟と共に住む。義父はとても母に厳しかったようである。昭和十七年四月、父の叔父、満州国ハルピン市より、病気療養のため帰国する。五月死亡。父は満州に出征の時、遊びに行ったようである。昭和十八年一月召集解除になり、松田の叔父が国鉄に勤めていた関係で、五月一日、日本国有鉄道東神奈川駅に改札掛として奉職する。十二月二十五日次女（米子）が生まれる。昭和十九年二月父の姉（前島イク子）家族が神谷町から疎開をしてくる。叔母達は、新名女学校を卒業すると、岩倉具視氏宅に、行儀見習に代々奉公に行った。物静かな品がある叔母だった。姉は年齢が近かったので、皆と良く遊んだそうである。昭和二十年八月十五日終戦となる。米国にいる祖父は「日本は負けるはずがない」と言って、受け入れなかったようである。

日本人は、砂漠の中にある強制収容所に集められた話を祖父から良く聞いた。収容所は周りは外に出ないように囲いがあり、銃を持った監視が高い所から、いつも見張っていた。「ボール遊びをしている子供がボールを取りに囲いから出ると銃で撃たれた」と色々な話をしてくれた、収容所で彫った木彫を見せてくれた。中央の細長い入れ物の中に真ん丸の球を入れ、上下に三つの鎖状に彫った物など。

収容所に行く前に、写真機など土に埋めていったがダメになってしまった……。

二十二年十一月二十七日三女（美枝子）が生まれる。松田の父の叔父さんの叔母が産婆さんと隣の医師のおじさん、父の立ち会いのもと出産した。母は心臓弁膜症で、私が生まれてから床に就く事が多かった。医師から「子供を産まないように」言われていた様である。

昭和二十七年四月米国に帰宅した弟政治氏が朝鮮戦争より帰国に際し、内地の見学の旁ら立ち寄り、タクシーで親類を両親と私の四人で訪ねる。小田原の旭日食堂にてお茶を呑み、写真撮影をする。小田原の駅にて小遣いをもらい最後の別れに「姉さん体を大切に……」と言われ泣いて別れた。十月弟喜代次氏も朝鮮戦争より帰国の際に立ち寄り二泊して帰った。その時、両親と姉妹三人で熱海に行った。帰りに「姉さんなんで三人も子供を産んだんだろう」とふと言った言葉が、私の心に今でも残っている。

昭和二十九年一月曽祖母（トラ）八十八歳、私七歳の祝いをする。曽祖母は跡取り娘で、なかなか厳しかった、姉達は学校の帰りが遅くなると家に入れてもらえなかった。祖母がそっと開けてくれたそうである。躾もきびしかった。私は余り曽祖母に怒られた記憶はない。母は体調が悪いのに一生懸命に家事の手助けをする。母に連れられ養育を受けた杉山家に泊まりに行った。紙芝居がくると皆で見に行き、水飴を買ってもらった。そしてマルクへも皆でよく行った。途中城址公園で遊ぶのが楽しみだった。

幼き日の思い出多き城址なり笛のうぐいす母にせがみし

六月父が職場にて左上肺に結核症あり、休職をする。十二月国立神奈川秦野市療養所に入院をする。

三十年母は自宅にて静養しながら家庭を守る。二月祖父から手紙があり見舞いがてら様子を見に帰る事を知る。四月クリーブランド号にて横浜に上陸。涙の対面をする四月十日父の見舞いに母と祖父、姉妹の五人で行く。療養所は小高い所にあり、外で走り廻った。皆で写真を撮った、その時の写真を我が家の二階に飾ってある。米子姉が母の写真を私の所に持って来た……。自分の所には、飾れなかった様である。祖父は実家の岩原に暮らしていたが、八月に父が退院してから、母が迎えに行き、九月物置き付きの部屋を作り住んだ。祖父は鶏を飼って、卵を産まなくなった鶏を料理して食べさせてくれた。牛を飼ったり、質屋の手助けをした。なにしろ、働き者であった。小田原に出かけた帰りには、食パンとハムをかならず買ってきて、皆で食べた。母が一番安心して暮らしていた様である。冬になると体調が悪く、祖母が台所の仕事を代わってやっていた。母はそれなりに皆に気を使っていた様である。夏休みになると、曽祖母の娘や孫達、叔母達も子供を連れて来た。私は皆が来るのが待ちどおしかった……。特に大森の叔母は、ペコちゃんのお土産をいつも持って来てくれた。茂ちゃんと歳が近かったのでよく遊んだ。叔父さんは写真が好きで、茂ちゃんといっしょの写真が沢山残っている。

昭和三十一年自宅にて静養、父も病気の方も大変良く、十月一日から職場に勤める。近所の鉄道員・遠藤万吉氏、佐藤ミサ子様との媒酌を父とする。祖父に江戸褄を作ってもらい着る。三日茶振る舞いに父と手伝いに行く。母はとてもうれしそうであった。

三十二年、自宅にて静養、大毎、電気冷蔵庫を買うとだけ書いてあり白紙である。

三十三年元旦から事細かく母の様子が書いてある。三日、心臓病再発のようなるが我慢して働く、五日遠藤家の年始会、六日心臓病再発、本日より病床につく。二月風邪がもとで急性肺炎になりペニシリン注射で治ったが、心臓病の方は良くならなかった。三月両下股に浮腫が見受けられ診断の後、肝臓病の併発、治るが又下股に浮腫が現れる。四月山北町岸の林病院から遠藤病院（隣の長男、大阪からふる里に帰る四ツ角に新しく開く）にかえる。四月下旬浮腫がなくなり食欲も出てくる。五月心臓病は相変わらずなれど平食になったが床に就いたままである。六月再度下股に浮腫が出てきてダイヤモックスを服用八月又浮腫が現る。九月食欲なく気分すぐれない。横になって寝る事が出来ず長椅子で眠る。中旬林医師に診察してもらう、肝臓肥大を告げられ、入院を勧められる。心臓は三月頃と少しも変わらず良くなっていないとの事。九月二十八日、父は祖父と相談をして小田原の病院に入院する方針とするが二十九日朝、祖父が「四ツ角の遠藤医院の方が良いのではないか」と言う事で、母も入院の仕度をする。十六時、金井島の自宅から祖父とタクシーに乗り、「アメリカでドライブした時みたいに気分が良い」と喜んでいた。出発時に近所の遠藤熊広、タカ、ユキ、ツヤが見送りに来てくれた。父は自転車で行った。病院の設備は、開業したばかりで余り良くなかったが帰るに帰れず、父が泊まる。三十一日から夜だけ十日まで、姉二回父五回私四回泊まる。十一日から患者が入るので布団を持って帰って良いとの事。十二日母から姉（愛子）に病院に来るように……。姉妹達の面倒を見るように、母はいつも姉に言っていたようである。十三日、杉山トク見舞いに来る（母）「母は医者を変えてほしい」と告げる。「ノイローゼになって仕舞ったから、ここにいては治らないから家に帰る……」と父に告げる。十四日母の気分が悪いので祖父、様子を見に行く。私は遠足のため泊まる。母のベッドで寝る。夜病状が悪化し、階下まで下りていき、「明日、退院させてもらいます」と母が大声を上げているので目をさました。十五日病状悪化、父が病室に行ったら日頃の母と様子が異なっていたので「気分が悪いのか」と尋ねると「悪い」との事。心臓に手を当てると脈拍が乱れており、医師の手当ての不当を感じすぐ強心剤の注射を依頼しようとするが、「何を言っているのか」と母は怒った顔であった。母は「死ぬ死ぬ」と言う……。

父が残してくれた母の履歴書には、私の知らなかった事、病状が悪化していった様子が手にとる様に二日間を十一ページにも、書かれている。父は一晩中、母に付きそっていた、そして朝の明けるのを待っていた。朝、看護婦さんが来たので、母の様子が悪いので、すぐ病院に来るよう頼んだ。精神が混乱して父に「死のう」と言ったようである。朝姉達が自転車で来る姿が見え、「ほっとした」と言っていた。姉達は学校を休み、私は学校に行った。昼休みに下の叔父さんが、自転車で「母が危篤」と言って迎えに来た。先生に「すぐ行くよう」に言われて、病院に行くと皆が集まっていた。母は意識がなかったが、私が行くと目をさまし、「なぜ皆集まっているのか」と言う。座って皆の名前を呼んだ……医師が注射をしに来たが、祖父が「もうこれ以上苦しめたくない」と注射を断った。しばらくすると脈も触れなくなり、爪の色も次第に変わってくる。呼吸も次第に衰えを見せ始め、いよいよ最期が来たかと子供達を枕もとに来させ、皆に見守られ、昭和三十三年十月十六日十三時十四分三十秒、此の世に二度と帰りたくも帰れない、不帰の旅となってしまった。四十一年九ヶ月八日の本当に儚い命であった。米子姉が大きな声で「かあちゃん」と言って泣き出した。私は茫然として何も言えなかった……。それは私が小学五年の時で鮮明に覚えている。その朝、母が養育を受けた杉山家の周りを鴉が異常なほど鳴き続けたそうである。今でも鴉鳴きが悪いと気になる……。

皆で十五夜の月見をしている時、母が「来年の月はもう見れない」と言って涙した事を十五夜になるたび思い出す。その晩、故母を北枕に川の字になって皆で寝た。十月十七日、沢山の花輪とお供え物が届いた。米国の兄弟からも届けられた。十九時から庭の人達の通夜がすみ、身内の通夜を行った。二十二時三十分お通夜終わる。十八日母が言った通り、小雨の降る中、菩提寺の珠明寺に於いて、葬儀が行なわれた。（南足柄町怒田）足柄平野を眼下に見おろす。相模湾が彼方に見える高台の墓地に永い眠りに就いた。父は七・七日の供養まで書いて終わっている。

「母の履歴書」には、母への熱烈なる愛情を父は書き残している。四十九日までの供養をする仏壇の前で、姉と言い合いをして、私は泣いた。その姿を見た祖母が、姉に「ほら見てごらん……。美枝子には何も言うんじゃあないョ」と言ったそうです。姉は「言いたい事があっても、言わない様に」してきた、そして母から「妹の面倒を見る様」言われてきたので、我慢をしたそうである。私は母と早く死別したが、家族や皆に大切に育てられた。ありがたいと思っている。これからは皆に感謝して、一日を大切に少しでも、今まで習った事を整理して伝えていきたい。私の夢である、ターシャ・テューダーのように……。それが私を産んでくれた、母への感謝の気持ちである。

「ありがとう、お母さん！」母の分まで、私は生きていきます。時間のあるかぎり……。そして、母の履歴書を残してくれた父へも、ありがとうお父さん！

令和五年十一月一日

著者プロフィール

秦 美枝子（はた みえこ）

昭和 22 年 11 月 27 日、神奈川県足柄郡開成町生まれ。
神奈川県海老名市在住。
新名学園旭丘高等学校卒業、小田原洋裁専門学院卒業、美和服装学院卒業。
日本専売公社（小田原工場）勤務経験あり。
池坊（中伝）、裏千家。

ある日突然

2024年 3 月15日　初版第 1 刷発行

著　者　秦 美枝子
発行者　瓜谷 綱延
発行所　株式会社文芸社
〒160-0022　東京都新宿区新宿1－10－1
電話　03-5369-3060（代表）
03-5369-2299（販売）

印刷所　株式会社平河工業社

ISBN978-4-286-25113-4